集英社オレンジ文庫

# 訳あってあやかし風水師の助手になりました

櫻井千姫

本書は書き下ろしです。

訳あってあやかし風水師の助手になりました　目次

イラスト／明菜

# 訳あって
# あやかし風水師の
# 助手になりました

# 第一話　寂しがり屋の猫股

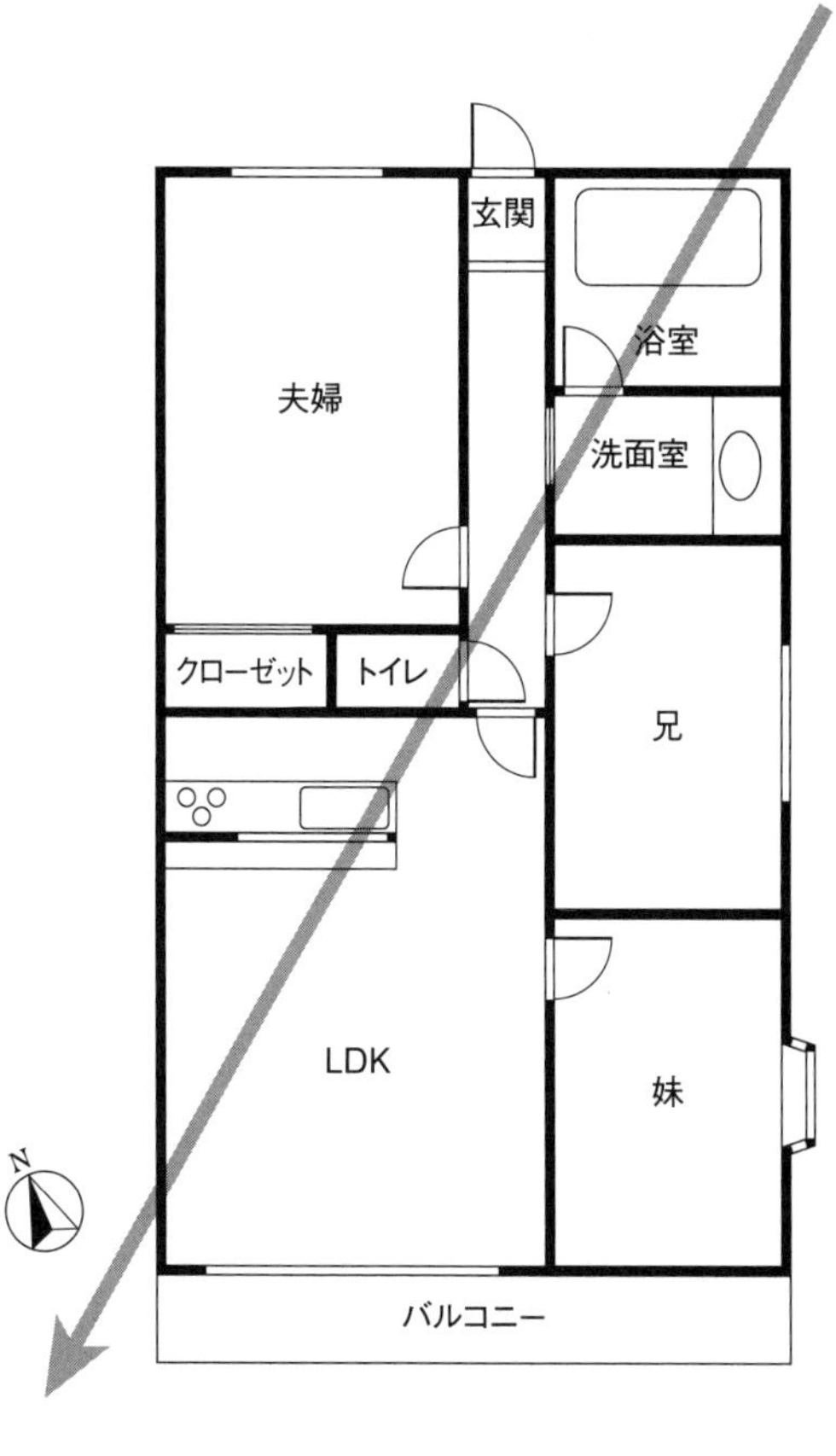

それは五月のゴールデンウィーク明け、もう夏が来たと勘違いするぐらい、この時期にしては暑い日に起こった。

家に帰ると、ダイニングテーブルにはメモ用紙が一枚。

『ちょっとパパのところに行ってくるね。たぶん二週間くらいで帰れると思う！　何かあったらお兄ちゃんを頼ってね♡』

四十八歳のアラフィフが書いたとは思えない可愛らしい丸文字、ご丁寧《ていねい》にハートマークまでついている。

「やられた!!」

思わず私は、頭を抱《かか》えた。念のためパパとママの部屋に行くと、ママの荷物がごっそりなくなっている。きっと今頃、飛行機の中だろう。

うちのパパとママは、超絶仲が良い。正確に言えばママがパパにベッタベタに甘えていて、パパもそんなママが可愛くて、いやもちろん息子のお兄ちゃんも娘の私も可愛いんだろうけれど、やっぱりママが一番、って感じ。某アイドルグループのヒットソングの歌詞みたい。うちの親にとって、世界で一番好きなのはパートナーで、二番目は私たち子ども、ってこと。

そんな両親だから、私が中学生の頃からいきなり突発的に、それこそこんなふうに置き手紙ひとつで二人で旅行に行っちゃうなんてこともあった。その頃はまだお兄ちゃんがいたからよかったけれど、お兄ちゃんも春から社会人で、今は寮生活。家には私一人しかいない。

年頃の娘を一人で二週間も留守番させるなんて、ママもパパもまったく心配じゃないんだろうか……。

外資系の企業に勤めているパパは、私が高校二年生に上がったこの春から、アメリカのサンフランシスコに単身赴任になった。それが決まった時、ママはこの世の終わりが来たと思うくらいわぁわぁ泣いてた。つられてパパも泣いてた。万年新婚夫婦の二人にとって、海を隔《へだ》てた遠距離恋愛ならぬ遠距離結婚は辛《つら》いなんてものじゃなかったんだろう。空港で見送りした時も、ママはあたりはばからず泣いて、パパに抱き着いたりするので、私もお兄ちゃんも恥ずかしくて仕方なかった。そしてパパは単身赴任生活、お兄ちゃんは家を出て寮住まい。二子玉川《ふたこたまがわ》にある東南角部屋の３ＬＤＫのマンションは、ママと私の二人きりになるとすごく広く感じられた。

それでもパパとママは、遠距離結婚になってもラブラブだった。毎晩、パソコンを使ってビデオ通話していて、そのラブラブっぷりは海に隔てられていても衰《おとろ》えることはなかった。でも、毎日画面越しに顔を合わせていると、いつか本当に会いたい気持ちを我慢できなくなっちゃうんじゃないか……と、娘ながらちょっと心配してはいたんだけど、その心配がこんなに早く現実になるとは。

とりあえず、夜になってお兄ちゃんの仕事が終わる頃、電話してみた。お兄ちゃんの名前は真鍋《まなべ》秋人《あきと》。名前の通り、秋の生まれ。ちなみに私の名前は夏凜《かりん》。夏生まれだから、この名前がついた。バカップルな両親には振り回されまくりだけど、この名前は結構気に入っている。

「母さんのことだから、いつかやらかすだろうなぁとは思ってたよ。でも、俺を頼って、って言われても困るんだよなぁ。俺だって毎日仕事で大変なのに」

「社会人って、そんなに大変？」

お兄ちゃんとは、六つ歳が離れている。きょうだいって歳が近いといじめられたり、喧嘩もしょっちゅうだったりすると思うんだけれど、六つも離れてて、しかも男女だと、あんまりそういうことはない。むしろお兄ちゃんは私が小さい頃から可愛がってよく面倒を見てくれたし、ちょっと頼りない親に代わって、家族のまとめ役みたいなところがあった。よく、親が頼りないと子どもがしっかりすると言うけれど、うちのお兄ちゃんはその典型例なのだ。

「大変だよ。バイトは大学時代にいくつかしたけど、それとは全然違う。責任の重さが比較にならないからな。とにかく、俺だって大変なんだよ。夏凛に何かあっても、すぐ駆けつけられるってわけじゃない」

「そう、だよね……」

「母さんにもほんと困ったもんだよなぁ。オヤジもそんな母さん甘やかすし」

ママの仕事は、絵本作家。そのせいなのか、ちょっと夢見がちで、子どもっぽいところがある。赤毛のアンが大好きだし、洋服もピンクとかオレンジとか可愛いの着ちゃうし、持ち物もピンク系や花柄でまとめてる。そのせいか歳よりも若く見えるけれど、パパにベッタベタなのは子どもからしたらいい加減にしろよと思う時もある。

だって、誕生日ケーキだって私やお兄ちゃんのは近所のケーキ屋さんで買ってきたケーキなのに、パパの誕生日は手作りの二段重ねの豪華なやつ。バレンタインだって、毎年パパに手作りのガトーショコラをプレゼントしてる。週末は必ず、二人っきりで出かけてるし。結婚してもう二十五年、なのにこんなバカップル夫婦、なかなかいないと思うんだけれど、実際いるんだから、それも自分の親なんだから困っちゃう。

まぁ、仲悪いよりはマシなんだろうけどね。

「とにかく、何か困った時はいつでも連絡してくれよ。仕事中に電話は困るけど、ラインだったら見れるから」

「わかった、ありがとう」

通話を終えると、３ＬＤＫの我が家にしんと闇のような静寂《せいじゃく》が訪れる。広々としたリビングが、今は寒々しく感じられた。

ダイニングテーブルの上のママのメモを、ぱちんと指ではじいた。ちょっとした八つ当たりだ。


突然始まった人生初の一人暮らしは、想像以上に大変だった。一人なんだから当たり前だけど、ご飯の支度も買い物も料理も洗濯も、全部一人でやらないといけない。ママは自宅でできる仕事をしていたから、今まで家のことはママに任せっきりだった。もちろん、小さい頃から簡単なことは手伝ってきたけれど、料理ひとつにしたって、私のレパートリーなんてたかが知れてる。カレー、ハンバーグ、オムライス、ナポリタン、それくらい。ママが書いた子ども向けの料理の本を見て試しにグラタンを作ってみたけれど、クリームソースがダマになってしまった。

そんなふうに、離れてみて初めて、今まで当たり前に家のことをやってくれていたママのありがたみを感じていたある日の夜。

時刻は午前二時、尿意と共に目が覚めた。寝る前に飲んだオレンジジュースがよくなかったな、と反省しつつトイレに向かい、そこから出たところで、廊下に白い物体を見つけた。

ピンと立った耳に、大きなまん丸の目。ぴょんと飛び出た髭《ひげ》。猫？　いや、うちはマンションの七階だから、野良猫が迷い込んでくることなんてない。玄関だって、ちゃんと施錠したはず。しかもこの猫らしきもの、しっぽが異様に長く、その先が二股に割れている。ちょうど、さすまたみたいに。

白い物体が私を見つめ、にゃあ、と鳴いた。

恐怖のあまり、息が止まった。本当に驚いた時、人は悲鳴すら上げられないのだ。しっぽが二股に分かれている猫なんているわけない。これはすなわち、この世のものじゃない猫だ。

つまり、オバケ!!

慌《あわ》てて寝室に駆け込み、乱暴にドアを閉めた。バタンと騒々しい音がした。そのままベッドに潜《もぐ》り込み、朝が来るのを待つ。

今見たのって、いったい……？

ベッドの中でしばらくブルブル震えているうちに眠気が襲ってきて、気がついたらスマホのアラームと共に目覚めた。そろり、寝室から這《は》い出す。廊下には何もいない。

やっぱり、昨日見たものは何かの見間違え？　それとも夢？　いや、夢にしてはあまりにも記憶がくっきりしている。

トーストにマーマレードを塗ったものとコーヒーだけの簡単な朝食を済ませ、学校へ行く。学校に着いても、思い出すのは夕べのあの不思議体験のことばかり。いつもなら嫌でも耳に入ってくるクラスメイトたちのかしましいほどのおしゃべりも、今日は耳奥に栓《せん》でもされてるかのごとくまったく気にならない。ちょうど衣替《ころもが》えがあったばかり、ブレザーを脱ぎ捨て、シャツにスカート、男子はスラックス。周りの生徒たちは、私の内心とは真逆に元気そう。

幽霊もオバケの類《たぐい》も、今まで信じたことはなかった。

でも、夕べ私が見たものは、間違いなくオバケだ。

「かーりーんっ」

ため息をついて机に座ってる私に、香耶子《かやこ》が話しかけてくる。香耶子は同じ中学だったこともあり、高校になった今でも仲が良い親友だ。トレードマークの、ほとんどおかっぱと言ってもいいボブヘアは、今日もつやつや。対して背中の真ん中らへんまで伸びた髪をくくった私のポニーテールは、生気を失っているだろう。

「どうしたの？　浮かない顔して」

「実は……」

私はこの親友なら大丈夫だと思い、昨日のオバケの話をすることにした。

というのも、香耶子は中学で出会った頃から、ちょっと変わった子だった。

幽霊や妖怪、ＵＭＡや宇宙人とかそのテの話が大好きな、オカルトマニア。占いも得意で、香耶子のタロット占いはよく当たると友だちの間でもちょっとした評判だったけど、高校生になった今でも「いつか本物の幽霊とか妖怪とか、ＵＭＡとか宇宙人とか見たい！」なんて言っているような子だ。中学生くらいまでなら、中二病なのか、そういう不思議な世界に憧《あこが》れる子は多いけれど、高校生にもなるとおしゃれや恋愛のことのほうが頭を占めるもので、幽霊や占いを信じる子はいても、自分から幽霊だの妖怪だのに会いたいだなんて言う子はなかなかいない。だからクラスの中でも、香耶子は変人扱いされ、ちょっと浮いている。

そんな香耶子と私の気が合うのは、私も香耶子と同じで、恋愛にまったく興味がないからだろう。仲の良過ぎるパパとママの間に育ったせいか、男の人の愛情をやたらと欲しがる女の子には育たなかったのだと思う。芸能人にもあまり興味がないし、いわゆる推しというやつすらいない、というか実は初恋さえまだな私にとって、彼氏と「不純異性交遊」

している同級生の話にはちょっとついていけない。それよりは、香耶子が話してくれるオカルト話のほうが面白い。

信じるか信じないかは、別として。

「夕べさ、うちにオバケ出たんだよね」

「マジで⁉」

香耶子の一重《ひとえ》の目が興奮気味に輝いた。やっぱり、このテの話題には食いつきがいい。

「どんなオバケだった⁉　死に装束《しょうぞく》とか着てた⁉」

「いや、そうじゃなくて、猫だったの。でも普通の猫じゃなくて、しっぽが異様に長くて、二股に割れてたんだよね……あれ、なんだったんだろう」

「あぁ、それなら猫股《ねこまた》じゃない？」

「猫股？」

香耶子はちょっと得意そうに鼻を鳴らし、自分の妖怪知識を披露《ひろう》しだした。

「日本の民間伝承や古典の怪談とかにも書かれてる、昔からいる古い妖怪、またはあやかしともいうね。その類だよ。二種類あって、山の中にいる獣と言われるものと、人の家で飼われてる猫が年老いて化けるものとあってね……」

それからも香耶子は延々と、いろんな文献に書かれている猫股の話をしだした。そういえば中学の頃、香耶子が「日本の妖怪伝説」という本を読んでいた覚えがある。

香耶子の話を聞いていて思い出したのは、去年死んだ、うちで飼っていたリリィのことだ。私が生まれる前にお兄ちゃんが拾ってきた白猫で、大往生《だいおうじょう》して死んだ。リリィはパパやママや、捨てられていた自分を拾ってくれたお兄ちゃんには懐《なつ》いてたけど、自分より後に生まれた私のことはどこか見下しているような感じがした。人間じゃないけど、自分のほうが先に真鍋家の家族になったんだからえらい、みたいな。

長生きしたけれど、最後は老衰で、眠るように息を引き取っていったのを、家族全員で看取《みと》った。

「ちょっとー夏凛、話聞いてる!?」

リリィに思いを馳《は》せていると、まだ猫股についてべらべらしゃべっていた香耶子がぶうたれていた。

「ごめん、ちょっと考え事してた」

「もー、ちゃんと人の話聞いてよー」

香耶子の猫股講座は、朝のＨＲが始まるまで続いた。

ダイニングルームで宿題をやってたら、いつのまにか時刻は二十四時を回っていた。

まだ全部終わってないけれど、明日の朝早く登校してHR前に間に合わせちゃおう。そう思って教科書とノートを抱え、ダイニングルームから廊下に出たところで、

白い物体と、黒い物体がいた。

二つとも、耳がぴんと尖《とが》っていて、目はぎょろりと丸く、ひげがぴょこんと伸びている。異様に長いしっぽは、やっぱり二股に割れていて……。

「きゃあああああ!!」

今度は、叫び声が出た。

その晩私は廊下に出るのが怖くて寝室に行けず、リビングのソファで震えながら朝まで過ごした。ほとんど眠れなかった。先ほど見たものが、あまりにも衝撃的過ぎる。

香耶子の言っていることが本当だとしたら、あれは猫股、しかも今日は二匹。もしかして、明日は三匹になったり、四匹になったりするんだろうか? そのうち、我が家は猫股だらけ……?

その推測は、見事に的中した。

日毎《ひごと》に、夜になると現れる猫股は数を増やした。三毛の猫股、茶トラの猫股、ブチの猫股。身体の大きさも大きなものから小さなもの、洋猫なのか毛のやたらともっさりとした猫股まで現れる始末。

お陰で私は連日、睡眠不足に悩まされることになった。猫股なんてわけのわからないものが出る家で、ぐっすり寝られるわけがない。ママがいなくなった途端に出るっていうのも、なんか意味がありそうで怖いし。

困った末にお兄ちゃんに電話すると、電話の向こうで呆れた声がした。

「お前、頭がおかしくなったのか？　幽霊なんているわけないだろ」

「私だってそう思いたいよ！　でも実際見えるもんはしょうがないじゃない！」

そう言っても、電波を通したお兄ちゃんの声は、相手にしてられないといった調子だった。私の話、ちっとも信じてないみたい。

「夏凛、お前、一人暮らしが寂しくてそんなこと言いだしたのか」

「別に寂しいなんてことはないけど……」

「とにかく、猫股なんているわけないだろ。それも毎日増えていくなんて、おとぎ話じゃあるまいし。変なこと言ってないで、もう切るぞ」

時刻は、午前一時を回ったばかり。

廊下を見ると、そこには二十匹は下らない猫股がうようよしている。

異様な光景だけど、既《すで》に見慣れてしまった自分がちょっと恐ろしい。

しかし、本当にどうしよう。ママに相談したって、頼りになるとは思えない……。

「すごいクマだね、それ」

下校中、隣を歩く香耶子が言った。連日の猫股騒ぎのせいですっかり睡眠不足で、授業中にうとうとして先生に怒られてしまう私。しかし、昼間ちょっとうとうとしたくらいじゃ、その睡眠不足は解消されない。

「だって、あいつら一日ごとに増えていくんだもん……もう、軽く二十匹はいる。夜になるとうちの家じゅう、猫股だらけ」

「わー、それマジ楽しそう！　あたし、猫も妖怪も好きだから、天国だわー」

「本気で悩んでるんだけど」

ちょっとムッとして言うと、香耶子はスマホを突き出してきた。

「ごめんごめん、冗談だって。でもあたし、夏凛が悩んでるの知ってたから、ちゃんと調べたんだよ。妖怪退治ができる風水師《ふうすいし》さんがいるんだって」

「妖怪退治⁉」

思わず、声が引っくり返る。某ナントカの太郎じゃあるまいし。そんな人、ほんとにいるの？　それも風水師って、どういうこと。

「ホームページとか持ってなくて一切宣伝してないからネット掲示板の情報を頼るしかな

いんだけど、結構腕がいいんだって。トイレに出る妖怪がいなくなったとか、次々不幸が転がり込んでくる家に住んでたのにそれがなくなったとか、体験談がいっぱい」

「それ、ちょっと見せて」

香耶子のスマホを借りて画面をスクロールさせていくと、たしかにその風水師さんに関する情報がいっぱいあった。『この方に出会ってから、長年恵まれなかった子宝を授かりました！』『お金がなくて困っていたのに、風水対策をしていただいてから羽振りがよくなりました』『四十になっても結婚しなかった娘が見ていただいたら結婚しました』――悪いことはひとつも書かれていない。風水って、ママが「西に黄色いものを置くと金運アップするの」ってアヤしげな黄色い置物を飾ってたりしてたから、どうしても胡散臭《うさんくさ》く感じるけど、でもこれだけ口コミがあるんだから本当のことのように思えてくる。

「風水師さんはいっぱいいるけど、妖怪や幽霊を祓《はら》える力まで持ってるのはこの人だけなんだって。下北沢《しもきたざわ》に事務所があるっていうから、行ってみない？」

「下北沢か……ま、遠くはないね」

「行くなら、あたしも付き合うよ。単純に会ってみたいんだよね、あやかし退治のできる風水師さん」

そんなことを言う香耶子の目はキラキラしている。この子の変人ぶりには既に慣れているけれど、こんな様を見ていると、本当に幽霊だの妖怪だのが好きなんだろうなぁ。香耶子は年頃の女の子が恋をするみたいに、姿の見えないものに憧れている。

「名前も出てるよ。安倍清長《あべきよなが》っていうんだって。安倍晴明《あべのせいめい》みたいでカッコよくない？」

「安倍晴明って、陰陽師《おんみょうじ》でしょ？」

「陰陽師の現代版みたいなものが、風水師だからねー。でも安倍ってことは、もしかして子孫かもよ？」

声までキラキラさせてそう言う香耶子。この子、私を心配しているのか、安倍清長さんに会ってみたいのか、どっちなんだろう。

「夏凛、今日この後予定ある？」

「え、特にないけど」

「じゃあ行こう！　下北沢！」

五月の晴天の下、香耶子が弾《はず》んだ声で宣言し、天に拳を突き出した。

田園都市《でんえんとし》線で二子玉川《ふたこたまがわ》から渋谷《しぶや》に出て、それから京王井《けいおうい》の頭《かしら》線で乗り換え。

下北沢には、初めて来た。古着の町というイメージしかなかったけど、最近リニューアルされたという駅は美味《おい》しそうな飲食店が並び、街並みは古着屋の隣にラーメン屋があったり、雑多な印象の町だ。

「夏凛、シモキタ初めて？」

「初めて。だって来る用事ないもん」

「まぁ、女子高生が遊ぶ場所っていったら渋谷だもんね」

渋谷にはマルキューを代表としてＪＫが欲しい服を売っているお店がたくさんあるけれど、下北沢にはない。あるのは古着屋さんばっかり。私は古着には抵抗があるタイプだし、香耶子にいたってはそもそもファッションに興味がないので、古着屋などには目もくれず、スマホのマップと睨《にら》めっこばかりしている。

「で、その風水師さんの事務所ってどこにあるの？」

「西口って、ここに書いてある。あーあたしら、全然違う方向来ちゃってるよー。ちょっと歩かないと」

駅近くの中心街を外れると、この街も一気に静かになる。雑貨やオーガニック食品を売っているお店や、ＪＫのお小遣《こづか》いでも入れそうな大衆的な雰囲気のネイルサロンがあって、落ち着いた印象だ。占い屋さんの看板もあるけれど、香耶子いわくその風水師さんは看板を出さず、アパートの一室でひっそりと営業しているらしい。

しばらく歩いて駅から離れると、住宅街になってしまった。

「香耶子、ほんとにこんなところにその風水師さん住んでるの？」

「うーん、それが詳しい自宅の住所までは、さすがにネットに載《の》ってないんだよねー」

香耶子がスマホをいじりながら、眉をひそめている。住所がわからないからって、さすがに一軒一軒、「安倍清長さんのご自宅はこちらでしょうか」と訊《き》いて回るわけにもいかない。ここにきて、完全に詰んでしまった。

途方に暮れていると、視界の端に蹲《うずくま》っている男の人を見つけた。

「香耶子、何してんだろ、あの人」

「ん？　あの人って？」

「ほら、あの、シルバーグレーの長い髪の……」

その男の人は、細長い身体を折り曲げるようにして、道の端っこにしゃがんでいた。さすが下北沢、バンドマン風の長いシルバーグレーの髪は、五月の空の下、見事な輝きを放っている。ところどころ、髪の毛が太陽の光を銀色に跳ね返している。

「ほんとだ。あんなところで何してんだろ」

香耶子も不思議そうに言う。道行く人たちは何食わぬ顔をして通り過ぎていくけれど、私には斜め後ろからちらっと見えるその横顔が、とても苦しそうに、引きつって見えた。

「ちょっと話しかけてくる」

「え、夏凛……」

制しようとする香耶子を置いて、その人に声をかける。自分からこんなことをするのは我ながらびっくりだけど、もし具合が悪いのだとしたら放っておけない。

「あの、大丈夫ですか?」

長い髪がきらりと光りながらうねり、その人が顔を上げて、私はその美しさに思わず目を奪われた。

銀縁《ぎんぶち》の眼鏡の向こう、長い睫毛《まつげ》に縁どられた切れ長の目が美しい。完璧な鼻筋や唇の形と相まって、知的な印象を漂わせている。こんなにきれいな男の人、見たことがない。

「大丈夫だ。こんな晴れている日に外に出たから、ちょっと気分が……」

その人の声は流れるようなハスキーボイスだった。渋めの低音だ。

「熱中症かなんかですか?」

「それとは少し違う。太陽の光が苦手なんだ」

それってどういうことだろう。この人、何かの病気なんだろうか。でも、太陽の光を浴びると気分が悪くなる病気なんて聞いたことがない。

私たちの様子を見て、香耶子もやってくる。

「夏凛、大丈夫そう?」

「ううん、それがあまり大丈夫じゃないみたいなの。どうします？　救急車とか、呼んだほうがいいですか？」

そう訊くと、彼は額《ひたい》に浮かんだ汗を拭《ぬぐ》いながら言った。

「その必要はない。俺の家は、すぐ近くだ」

「具合悪そうだし、ついていきますよ」

すぐ近くとはいえ、たどり着く前に倒れてしまったりしたら大変だ。私は香耶子と二人がかりで彼を立たせ、両脇から肩を貸しながら歩き始めた。背が高い割に、彼の身体は驚くほど軽かった。

たどり着いた先は、三階建てアパートの最上階の角部屋。入った瞬間、ぎょっとした。壁に、漢字がたくさん書かれた円盤を模したタペストリーが飾られてある。靴箱の上には竹や古いお金が置かれているし、本棚にはぎっしりと怪しげな本が並んでいた。この人、何者なんだろう。

しかしそれを見て、香耶子は何かを察したらしい。

「もしかしてですけど。あなた、安倍清長さんですか？」

水を飲んで人心地ついた彼に香耶子が言うと、彼は驚く素振りもなく答えた。

「そうだが？」

「だってこの部屋、風水のアイテムだらけなんだもの。あそこにあるのも全部、パワーストーンでしょう?」

そう言って、香耶子が部屋の端の棚を指差す。そこには赤いもの、白いもの、丸いもの、ゴツゴツしたもの、表面がトゲトゲしたもの。いろいろな石が互いの存在を主張せんばかりに並んでいた。

「そうか……お前たちだったのか」

「どういう意味ですか?」

私が問うと、安倍清長さんはコップの中の残りの水を飲み干し、答える。

「今日は、人が来るような気がしていたんだ。まさか女子高生とは思わなかったが」

依頼人が来るかどうか、勘でわかってしまうのか。さすがに高名な風水師なだけある。ものすごい霊感とか持っているのかもしれない。

それにしてもこの家、暗いなぁ。窓はカーテンでぴっちり閉め切られていて、日の光がほとんど入ってこない。申し訳程度に間接照明が床を照らしているけれど、それでも暗い。一年中こんなところで暮らしていたら、病気になってしまいそうだ。

「電気、点《つ》けますね」

そう言って壁のスイッチに手を伸ばそうとすると、清長さんがすかさず制してきた。

「明かりは点けないでくれ」

声に、妙な圧があった。私は慌てて、スイッチから手を離す。

「蛍光灯の明かりも好きじゃない。頭がくらくらする」

「そ、そうですか……」

日光が駄目、蛍光灯の明かりも嫌い。この人、生きていくのすごく大変そう。てか、風水っていったら部屋は明るくしておいたほうがいいんじゃないの？　医者の不養生《ふようじょう》って言葉を思い出す。

「それにしても、きっれーい！　こんな大きなインカローズ、初めて見たー！」

香耶子はリビングの端の、パワーストーンが並べられた棚に目が釘付けだ。香耶子が興味を持った石はインカローズというらしい。

「夏凜、見てみて！　この縞《しま》の入り具合がいいんだよ！　恋愛のパワーストーンといえばローズクォーツもだけど、インカローズのほうが効果高いんだよー！」

「お前、石が好きなのか」

清長さんが、少しだけ嬉しそうな声を出した。

「好きっていうか、ちょっとだけ勉強したことがあって。このアメジストもきれーい！」

「そのアメジストに目をつけるとは、お前、なかなか目が高いじゃないか」

清長さんが指差すその石は、たしかに霊感なんて耳の垢《あか》ほどもない私でもわかるくらい、きれいだった。その大きさもさることながら、吸い込まれそうに深い紫色をしている。

「手に取って見てもいいですか」

気がついたら、そう言っていた。

「いいぞ」

「ありがとうございます」

そろそろとアメジストに手を伸ばし、香耶子と一緒にしげしげと観察する。よくある、まぁあるい大きな、自宅に飾るタイプのパワーストーンだ。地球が紫になったらこんな感じになるんじゃないかな、と思うような、妖《あや》しげな美しさがある。

「ありがとうございます、そろそろ戻しますね」

「もういいのか」

「はい、十分堪能《たんのう》したんで」

そうして、石を棚に戻そうとしたその時。

手のひらに、雷を落とされたような衝撃を覚えた。

痛い、というより熱い、と形容したほうが正しい激しい感覚。

アメジストが、私の目の前で爆発する。

「きゃあっ！」

思わず手を引っ込める。次の瞬間には、アメジストはフローリングの上に粉々になって散らばっていた。

私、香耶子、清長さん、そろって無言になる。三人とも、今起こったことが信じられないのだ。私は断じて、アメジストを落としたわけじゃない。どういうことかわからないけれど、手の中で勝手にアメジストが爆発したのだ。

「ご、ごごご、ごめんなさい!!」

慌てて謝り、石を拾い集めようとする私。大きな欠片《かけら》から拾っていって、なんとか修復可能な状態に戻そうとするが、無駄と悟って諦《あきら》める。こういうのって、どうやったら直るの？　パワーストーンだから、まさか接着剤でくっつけるわけにもいかない。

どうしよう、私、取り返しのつかないことしちゃった……。

「今、石が爆発した？」

清長さんが香耶子のほうを見て、確認するように訊く。

「はい、たしかに爆発してました。夏凛、石を落としたわけじゃないよね？　いったい、どんなトリック使ったの？」

「トリックって！　私、手品師じゃないし、人ん家《ち》の石に勝手にそんなことするわけないじゃない!!」

私は涙目で叫ぶ。香耶子はそんな私の手のひらを、なおもじろじろ見ている。どうやら本当に私が何かのトリックでわざと石を割ったんじゃないかと疑っているようだ。そんなことをする理由なんかないのに。

「不思議だな……この石が割れるだなんて」

清長さんは、怒っていない。ただただ不思議そうに、フローリングに散らばったアメジストの破片を見ている。さらに、眉根を寄せて私に視線を向ける。眼鏡の奥の、何かを探るような瞳。

「石がハレーションを起こしたのかもしれないな。こんなことは、今までなかったんだが……」

「本当にごめんなさい!!」

私はぶん、と思いきり頭を下げた。謝ったって石が元通りになるわけじゃないけれど、この場はひたすら謝るしかない。

「心配するな、そこまで高いものでもない」

ズゴンと落ち込んでいる私に、清長さんは優しい。私なんて、もう涙目だ。

「そんなわけにいきません！　私、もう高校生だし、働けるんで、バイトして必ず弁償し

か」

「気にするほどのことじゃない。それより、悩みがあって俺のところに来たんじゃないのか」

そう、清長さんは言って、私と香耶子は顔を見合わせる。

今日ここに来たのは、清長さんに会うため。そしてうちに夜ごと現れる、謎の猫股軍団をなんとか退治してもらうためなんだ。

「とりあえずコーヒーを淹《い》れるから、そこに座っていてくれ」

リビングのソファに座り、コーヒーが出てくるのを待つ。香耶子はその間も、部屋のそこかしこにある、いかにも風水師っぽいアイテムに興味津々《しんしん》だった。私はまだ、気持ちの整理がつかない。

高いものじゃないっていうけれど、そもそも私はパワーストーンが一般的にいくらするのか知らない。

安くても十万円は下らないんじゃないかな？　高校生にとって、十万円は一年くらい過ごしていけるほどの価値があるし、大人にとっても十万円分の労働は大変だろう、まだ働いたことがないからよくわからないけれど。

「で、どういう相談なんだ」

「実は……」

そこで私は、猫股について、香耶子に話したのとほとんど同じような内容を清長さんに語って聞かせた。最初は一匹だけだった猫股が、次の日には二匹になっていること。それがどんどん増えていって、今では夜の我が家はさながら猫股の楽園状態になってしまっていること。

「それは、お前が一人暮らしを始めてからのことなんだな？」

「そうです。何か関係あるでしょうか」

「関係あるかどうか、鑑定してみないとわからないな」

「失礼ですが、鑑定っていくらかかるんでしょうか？」

「十万だ」

「……」

声が出ない。な、何それ。風水って、そんなに高いものなの!?

「驚くのも無理はない。日本で一般的に知られている風水と、俺が専門としている風水は、まるで違うからな」

清長さんはコーヒーカップに口をつけつつ答える。動く度《たび》にシルバーグレーの髪の毛がさらさら揺れる。毛先が間接照明の光を受け、白くきらめいていた。

「風水の起源は、今から五千年前から六千年前の中国に遡《さかのぼ》る。聖書にあるノアの箱舟の話は知ってるか？」

「ああ、人間が悪いことばっかりしてるからって神様が大洪水を起こして、動物と人間がちょっとだけしか生き残らなかった、って話ですよね？　詳しくは知らないですけど」

「それでだいたい合っている」

それから清長さんは、素人《しろうと》の私にもわかるように風水の起源について話し始めた。

その昔、中国から見て北西の方向に崑崙山《こんろんさん》という高い山があった。あの黄河《こうが》の源《みなもと》があると考えられていて、世界の中央に位置し、天を支える柱になっていると語られていた山。天上、地上、地下の三つの世界がそこで結合しているとされていたそうだ。

この崑崙山に住んでいた伏儀《ふっき》という人が、大洪水でも生き残った。その人が現代の気学や易《えき》に繋がる東洋占星術のおおもとを作ったと言われていて、ここから清長さんが専門としている中国伝統の玄空飛星《げんくうひせい》風水が始まっているという。

へー、と香耶子が目を見開く。オカルト好きの香耶子も、初めて聞く話だったらしい。

「本当の風水は、ただ西に黄色を置けばいいってもんじゃない。俺が教えている玄空飛星風水というものは、家がどういう土地にあり、いつ建てられ、どういう向き、造りになっていて、どんな人が住んでいるか。それをすごく重要視するから、現地に行って方位や間取りを見ないと、鑑定できない。日本の家相《かそう》学や、姓名判断、九星《きゅうせい》気学などの知識もいる。だからどうしても、それくらいの値段がかかってしまうんだ」

ここで清長さんは、もう一度コーヒーカップに口をつけた。ぬるいコーヒーが好きなのか、私たちに淹れてくれたコーヒーからはまだ湯気が立っているのに、清長さんのコーヒーにはそれが見られない。

「そしてさらに、あやかしがいるなら、そいつらに出ていってもらわないといけない。風水鑑定とあやかしを祓うのと、全部合わせて通常は十万円という価格でやっている。家によっては鑑定に手間がかかるため、もっと高い値段になることもある」

「でも、現実的に無理なんですけど……」

私のお小遣いは、月三千円。お年玉はまだ残っているけれど、十万円なんてとても出せない。

「安心しろ。俺は未成年からは、大金は取らない。今回は特別大サービスで、五千円だ」

「ええ!?」

十万円から五千円って……えっと、何パーセントオフ？　数字に弱いから、すぐ計算できない。

でも、とにかくめちゃくちゃ安くしてもらっているというのは馬鹿じゃないからわかる。

「本当にいいんですか？　安くし過ぎなんじゃ……」

「言っただろう、未成年から大金は取らないって。というか、道義上取れない」

ことん、と清長さんが手に持ったままだったコーヒーカップを机の上に置いた。

「俺もその猫股たちが気になる。夜もろくに眠れないほど疲れきっているんだろう、なんとかしてやる」

「だって、夏凛！」

香耶子が私の背中を押すように言う。

目の前には、妖怪退治もできる風水師。床には、バラバラになったアメジスト。

なんせ、十万円が五千円だ。やっと計算できた。九割五分の大セールじゃない、これって。

「お願いします!!」

ぶん、と髪が風を切る音が聞こえるくらい、勢いよく頭を下げた。

お兄ちゃんに清長さんの話をすると、めちゃくちゃ胡散臭そうにしていた。でも、十万円の鑑定料が五千円なら、ということで渋々承諾《しょうだく》したって感じ。ちなみに鑑定料は、お兄ちゃんが出すことになった。五千円は、高校生がぽんと出せる金額じゃない。やっぱりお兄ちゃんは、年の離れた妹に優しい。

　清長さんとは、二子玉川の駅で待ち合わせた。この前はグレーのTシャツ姿だったのに、今日はびしっとスーツを着ている。きちんとした格好だから、差している日傘がちょっとアンバランスに見えた。歩きながら、安倍清長さんはこんなことを言いだす。

「二子玉川は、地理風水的にいい土地なんだ」

「そうなんですか!?」

「ああ、川を隔てた向こう側より、こちらのほうがいい。地理風水では川や山、道路などの、家が建っている土地の周辺環境をまず重視する。特にお前の家は、一軒家じゃなくてマンションだったな」

「はい」

「マンションは、家相がいい物件が少ない。だからこそ、地理風水のいいところに住むのが重要なんだ」

「へぇ」

　風水っていったら西に黄色いものを置くくらいの知識しかなかった私にとって、家が建っている土地がまず重要というのはちょっとしたカルチャーショックだ。でもそう言われれば二子玉川は、たしかに都内でも人気の街。都心からちょっと離れているけれど生活に必要なものはひと通り揃《そろ》っているし、おしゃれ過ぎず、地味過ぎない。

二子玉川の今の発展にも、地理風水が寄与しているんだろうか。

「今日はよろしくお願いします」

玄関で出迎えたお兄ちゃんが、清長さんに挨拶《あいさつ》する。風水師という肩書きに対して胡散臭くは思っているみたいだけど、ちゃんと大人の対応だ。

「まず、ここに家族全員の名前と生年月日を書いてくれないか。あと、このマンションが建った年も」

清長さんが、お兄ちゃんに紙を一枚差し出した。お兄ちゃんは不思議そうな顔をしながらも、自分と私の名前、パパとママの名前、そしてそれぞれの生年月日とマンションが建てられた年を書く。その間、安倍清長さんは赤い方位磁石みたいなものを取り出して、あらかじめお兄ちゃんが用意していた家の見取り図に八角形の定規を使って線を引いていた。

「できました」

お兄ちゃんがすべて記入し終わると、安倍清長さんがお尻のポケットから黒い手帳を取り出し、何やら書き込んでいる。そして開口一番、こう言った。

「この家は、男が強いだろう」

「男っていうか、お兄ちゃんが家の中心です」

私が言うと、お兄ちゃんはちょっと照れ臭《くさ》そうな顔をした。

「ママは絵本作家として活躍してるし、パパもIT系の会社で結構いいポジションに就《つ》いているから、二人とも立派な大人だとは思います。でも、親としてちょっと頼りないかな、と思うこともあって……それをカバーしてくれるのがお兄ちゃんなんですよね」

「親が頼りないと子どもがしっかりする、その典型例みたいなやつですよ」

ちょっと自嘲気味にお兄ちゃんが言うと、安倍清長さんは初めて笑顔を見せた。全然笑わない人だなと思ってたけれど、笑顔もなかなかクールでちょっと色っぽい。

「親として頼りないと思うのは、親の星を見ればわかる。お母さんの星は、七赤金星《しちせききんせい》というんだ」

「それ、お正月に神社の厄除《やくよ》けとかに貼ってあるやつですよね」

「そうだ、その七赤金星。あれは九星気学というちゃんとした占いなんだ。自分の本命星らしく生きることで、幸せに近づける。お母さんの職業は、絵本作家だな」

「はい、結構売れてて、海外でもちょっと名の知れてる人なんですけれど……」

出版業界のことはよくわからないけれど、今の時代、本が売れないというのは聞いたことがある。その中でもママが描く絵本は人気で、大人のファンも多い。ファンレターもたくさん届き過ぎていちいち返事を書けないので、ママは自分の描いたイラストと「ファンレターをありがとうございます」という内容の定型文を書いたハガキを、ファンレターをくれた人たちに送っている。

「七赤金星は、少女の星。この星の人は、年齢を重ねてもチャーミングで、少女っぽいことが多い。むしろそういう生き方をすることで開運していく」

「たしかに、チャーミングといえばチャーミングかもしれませんね……」

いつまで経《た》っても、パパが大好きなママ。お菓子作りが好きで、学校から帰ると手作りのマドレーヌを用意してくれたママ。朝食の席で出すトーストのハチミツにこだわりがあり、いろんな花からとれたハチミツを使い分けているママ。

そもそも、絵本作家なんていうメルヘンチックな職業に就いているし、うちのママはちょっと子どもっぽい。でもそれが開運の秘訣《ひけつ》だなんて、知らなかった。

「この家は、家相的にはそこまで問題ないぞ」

線が引かれた家の図面を指し示しながら清長さんが言う。

「東にお兄さんの部屋があるが、東は長男の方位だからここにお兄さんの部屋があるのがいい。東南は妹の部屋で、東南は長女の方位とされている。ちゃんと、自分に合った方位に寝ているな。夫婦の寝室は西で、この方角に寝るのは夫婦円満の秘訣だ」

「ちょっと円満過ぎる気もしますけど……」

お兄ちゃんが苦笑いする。そう、なんたって私、元はママのせいでこんなことになっているのだ。ママがパパを追いかけて家を出ていかなければ、猫股が現れることもなかったかもしれない。

「さて、猫股が現れることについてなんだが」

話がいよいよ、本題に入る。私は背筋をしゃんと伸ばした。

「先ほどこの家は家相的にはそこまで問題はないと言ったが、いくつか気になる点もある。まず、この家は真ん中が廊下になっていて外の光が差さない。夜になっても、常に電気は点けておきたい。西にあるお父さんとお母さんの寝室が、窓がなくて風通しが悪いのも気になる。北側にひとつ小さい窓があるが、埃《ほこり》が積もっていることから察するに、ここはいつも閉めっぱなしだろう。あといちばん気になるのは、北東の鬼門《きもん》にあたるバスルームだな。ちょっと拝見させていただこうか」

お兄ちゃんが清長さんをバスルームに案内すると、清長さんは排水溝を開けた。そして、やっぱりという顔をする。

「一人暮らしだと、なかなかお風呂の掃除までには手が回らないもんなんだよな」

わー、私、恥ずかしいことに、家の掃除は掃除機をかけるくらい。水回りはまったくノーチェックだったんだよね……だらしない子だと思われたみたいで、顔が熱くなる。

「それ、猫股と何か関係があるんですか？」

お兄ちゃんが素朴な疑問を口にすると、清長さんが頷《うなず》く。

「北東は鬼門の方位で、これは多くの人が知っていることなんだが、この方位が汚れているとあやかしが出やすい。とりあえず掃除をして、俺があやかしが出づらいようにしておく」

その後排水溝のぬめりを取り、バスルーム全体をぴかぴかに掃除してくれた。その後、清長さんは中国から取り寄せたというお酒と竹炭、死海《しかい》でとれたという塩を撒《ま》いていた。その様を、やっぱり胡乱《うろん》な目で見ているお兄ちゃん。まぁ、仕方ないよね。お兄ちゃんはあの猫股軍団を直接目にしてないわけだし……。

「これでも猫股がまた出るようだったら、言ってくれ。追加料金は取らない」

「また出る可能性があるんですか!?」

私が訊くと、安倍清長さんは頷く。

「今のは、一般的なあやかしの対処法で、あやかしが嫌うように酒や炭や塩を撒いただけだ。この家にあやかしが寄りつかなくなるようにしただけで、出る可能性もなくはない」

「そう……なんですね……」

「心配するな。おそらくこのあやかしは、話を聞く限り、そこまで危険なものでもなさそうだからな」

そう言い残し、清長さんは帰っていった。

清長さんが風水的な対処をしてくれたせいか、家の中の空気がちょっと軽くなったような気がする。息がしやすくなったというか、空気が澄んでいるというか。

カーテンを開け、網戸を閉めて初夏の風を入れると、家じゅうの淀《よど》みが浄化されていくみたいだった。そういえば私、一人暮らしになってから換気もろくにしてなかったなぁ。

今夜は猫股に悩まされず、ゆっくり過ごせる。もちろんちゃんと、清長さんに言われた通り、夜でも廊下の電気は点けっぱなし。

これで安心、と夕食とお風呂を終えて寝室に行こうとした、その時。

白い物体が一匹、廊下の中央に蹲《うずくま》っていた。

振り返り、私を見て「ニャア」とひと声……。

「きゃあああっ!!」

思わず叫び声を上げながら、寝室に駆け込んだ。慌ててお兄ちゃんに電話する。

「どうしよう！　また猫股が出た！　今度は一匹だけだったけど!!」

興奮気味に話す私に対し、お兄ちゃんはあくまで冷静だった。そもそもこの人、猫股の存在自体すら懐疑的だし。

「やっぱりインチキ風水師だったんじゃないのか、あの人。そもそも、風水ってもんが眉《まゆ》唾物《つばもの》だし」

「でも昼間、今後出る可能性もなくはないって言われたし……」

「怖いなら、とりあえず電話してみろよ。追加料金は取らないって言われただろ」

昼間見た、清長さんのクールな笑顔を思い浮かべる。笑うと、目の横に薄くだけど笑い皺《じわ》ができるんだよね、あの人。

風水のことはわからないけど、直感でわかる。あの人は、悪い人じゃないって。

「わかった、さっそく電話してみる。ありがとう、お兄ちゃん」

そう言って、私はお兄ちゃんとの電話を切り、清長さんの携帯にかけることにした。


翌日、清長さんはすぐにやってきてくれた。お兄ちゃんも同席。

「猫股が現れたのは、ここなんだな」

と、清長さんが廊下を指差す。

「はい、ちょうどそのあたりです」

「今回は一匹だったんだな」

「はい」

「ちょっと、家の中を探ってみてもいいか。気になることがある」

清長さんはリビングや私の部屋、お兄ちゃんの部屋をざっと見た後、パパとママの部屋に行った。娘として恥ずかしくなってしまう、キングサイズのベッドが置いてあるママの少女趣味で飾りつけられた寝室。本棚には、ママが描いた絵本がぎっしり詰まっている。

「この写真と、壺はなんだ」

飾り棚の上のリリィの写真とリリィの骨が入っている壺を指差し、清長さんが言った。

「あ、それ、去年死んだうちの猫です」

お兄ちゃんが答える。リリィはうちの猫だったけど、いちばん懐いていたのは命の恩人であり、拾ってくれたお兄ちゃんだった。

「ペット霊園に入れるのが可哀相だからって、お骨《こつ》を家で保管しているんです。フォトフレームも、母がこだわったもので」

説明するお兄ちゃんに対し、安倍清長さんはこくこく頷いている。

「だいたいわかった。今夜、猫股と直接対決しよう」

「直接対決ぅ!?」

思わず、声を裏返す私とお兄ちゃん。清長さんは眼鏡のフレームをきらりと光らせ、クールに言い放つ。

「俺が、猫股とお前たちを話し合えるようにしてやる。だからお前たちは、猫股にもうこの家に出ないように言ってやるんだ。対決というより、話し合いのようなものだと思ってくれればいい」

「話し合い、ですか……」

お兄ちゃんが呟《つぶや》いた。

猫股と話し合うことなんて、本当にできるの!? そもそも妖怪退治を話し合いでするってどういうことだろう。退治っていうから、てっきり手からビームでも出すのかと思ってたけれど、どうやら清長さんの妖怪退治は、あやかしとの平和的和解を図る話し合いの形式を取っているらしい。


窓の外がペールブルーから淡いオレンジを帯び、じわじわと漆黒《しっこく》が広がっていって、夜になる。

初夏の日が暮れた頃、清長さんが動いた。

「猫股を最初に見たのは、ここだったな」

「はい」

家の中心にある、光がまったく当たらない暗い廊下。清長さんに診《み》てもらってからは、いつも電気を灯《とも》してある。

清長さんが廊下に燭台《しょくだい》を五角形の形に配置し、五本の蠟燭《ろうそく》に火を点けた。さらに眼鏡を外すとお尻のポケットから数珠《じゅず》のようなものを取り出し、何やらお経みたいな呪文を唱えだす。最初からイケメンだと思ってたけれど、眼鏡を外すともっと格好いいなぁ……なんて場違いなことを考えながら、その様子を見ていると。

廊下の中央が銀色にきらきら光りだし、光はやがて銀色から白に変わり、リリィの姿になった。

「リリィ！」

お兄ちゃんが叫ぶと、リリィはみー、と甘えた声で反応した。

それは私が見た猫股とは違った、生前のリリィの姿だった。くりくりした丸い目に、ぴょこんと突き出た髭。長いしっぽはちゃんと猫のそれで、二股に割れたりしていない。

「寝室に、こいつの骨があっただろう」

清長さんが言い、私とお兄ちゃんがこくこく頷く。

「あれが、こいつが猫股に化けて現れた原因だ。命の恩人であったお兄さんや、可愛がってくれた両親もいなくなり、妹一人になった。それが寂しくなってしまって、現れたんだろうな」

「あの、じゃあ、リリィは成仏《じょうぶつ》できてないってことですか？」

「悪い言い方をすれば、そうなる」

清長さんは神妙な口調で告げる。リリィは姿を現せたのが嬉しいのか、さっそく大好きだったお兄ちゃんにまとわりついている。

「お骨がこの家にあることで、魂がいつまでもこの家に留《とど》まってしまっている。生前はマンションで飼っていたから、他の猫と戯《じゃ》れて遊ぶこともなかっただろう。猫股が増えたのは、この近辺で飼われていた猫や野良猫たちの霊を、集めてしまったんだな。死んだ後は飼い主もいないし、同じ猫の仲間と遊びたかったんだろう」

「そんな……リリィが可哀相……」

思わずそう言うと、リリィが私を見て、にいいと鳴いた。会えたからもう大丈夫だよ、と言うように。

「それでなくても、お骨や剝製《はくせい》、ドライフラワーなど、死の気のあるものを家の中に置いておくのは風水的に良くない。お母さんとお父さんを説得して、ちゃんとペット霊園に入れてあげてくれ」

「わかりました」

お兄ちゃんが頼もしい声で言う。そしてそっと、リリィを抱きしめる。

「ごめんな、寂しい思いさせて。ペット霊園なんて可哀相だって、それは人間側の思い込みでしかないよな……お前からしたら、死んだ後くらい仲間の猫と一緒にいたいっていうのはわかる。ちゃんと父さんと母さんを俺が説得するから、もう夏凛を困らせないでくれ」

お兄ちゃんの目には涙が滲《にじ》んでいた。リリィがぺろり、とその涙を舐《な》めた。

「リリィ、ありがとう」

私はかがんでリリィと視線を合わせ、その背中を撫でる。リリィは気持ち良さそうに丸い目を細める。

「正直、小さい頃はリリィのこと、あんまり好きじゃなかったの。猫のくせに、私より先にこの家にいたからって、私のお姉ちゃんポジションで、リリィもそんな顔してて……でも、本当は私も、リリィのことが大好きだよ」

リリィがうにぃと返事をして私の手に鼻をこすりつけてきた。鼻のちょっと冷たい感触は、生きていた頃と変わらなかった。

「そろそろ、リリィの魂をこの家から離すぞ」

清長さんが言った。いよいよお別れの時間が来た。

「ペット霊園にお骨を入れても、この家に未練がある限りまた現れる可能性がある。猫股化してしまったこいつの魂を、ちゃんと、あやかしの世界に送ってやる必要があるんだ。今から経を唱えるから、こいつを静かな気持ちで送ってやってくれ」

清長さんが再び、お経を唱えだす。途端に、リリィの白い身体が再び銀色の光に包まれる。プラチナ色の雪が降り注ぎ、リリィの身体が少しずつ消えていく。

「リリィ、ありがとうな！」

お兄ちゃんが、泣きながらリリィに向かって言った。

「リリィは、この家の太陽だったよ……」

リリィはにゃあぁ、と大きくひと声鳴いて、そして消えた。

ありがとう、と言うように。

お兄ちゃんは、リリィがいなくなった後もしばらく、リビングの隅で泣き腫《は》らした目でぼんやりしていたので、そうっとしておいた。

まだ梅雨《つゆ》が来ていない六月初めのスカッと気持ちのいい空の下、私は香耶子と一緒に家《いえ》路《じ》をたどっていた。

「じゃ、それ以降、もう猫股は出てないんだ？」

「うん、ちゃんとペット霊園に入れたから」

あの後すぐ、ママに連絡した。猫股の話をすると、ママはものすごく驚いていたけれど、リリィが寂しがって猫股として現れてしまったことを話すと、納得してくれた。さすがは絵本作家、リリィのことを次の本のテーマにするわ、とまで言いだす。

ペット霊園は、海の近くの小さな丘の上を選んだ。お金はパパが出してくれて、手続きは全部お兄ちゃんがやってくれた。小さなお墓にリリィを入れる時、お兄ちゃんはまた、少し鼻を啜《すす》っていた。

「ていうか、夏凛のお母さん、まだ帰ってきてないの？」

「うん、ママってば、すっかりシスコの暮らしに馴染《なじ》んじゃってね……」

もともと英語が得意で、社交的なママ。パパ以外に、現地の人ともすっかり打ち解けてしまったらしい。

「夏凛ももう高校生だし、パパの単身赴任が終わるまでは大丈夫でしょう？」

なんて、もう決まったかのような声で電話で言われてしまうと、こちらとしては従うしかない。

でもそんなママのこと、決して嫌いじゃないんだ。

高校生の身で一人暮らしをさせるってことは、娘を全面的に信頼してくれてるってことだって、わかったから。

「まぁとにかく、妖怪に悩まされなくなってよかったじゃん！　でも、うらやましー。あたしも、猫股、見てみたかったなぁ」

「まったく、他人事《ひとごと》だからってそんなこと言うんだから……私は毎晩、怖くて仕方なかったよ」

「あはは、冗談、冗談！　とにかくあたしは、妖怪が実在するんだって夏凜の話を聞いてちゃんとわかったから、それだけでも収穫！」

「実在するって。信じてたんじゃなかったの？」

「信じてはいたけれど、こういうのはやっぱり、身近な実体験がないとさー」

そういうものなのかな。

この変わった親友の話を聞きながら、視線をプラタナスの並木に彷徨《さまよ》わせていると。

つるっぱげの頭におでこに目がついた小さな男の子が、たたたたた、と駆けていった。

浴衣みたいな、変な和服を着ている。

今のって……俗に言う、三つ目小僧？

「夏凜、どうしたの？」

足を止めた私に、香耶子が不思議そうに問う。私は三つ目小僧が駆け抜けていったあたりから、視線を剝《は》がせない。だって今、ほんとにたしかに見たんだもん！

「香耶子。今、三つ目小僧が通らなかった？」

「は⁇」

ぽかんと口を開ける香耶子。さわさわ、プラタナスの青葉を風が揺らす。

しーんと二人の間に沈黙が広がった。


下北沢の清長さんの事務所兼自宅アパートにたどり着くまで、私は四体、あやかしらしきものを見た。

ひとつめは、空を舞う一反木綿《いったんもめん》。二つめは、重たそうな甲羅《こうら》を背負った河童《かっぱ》。三つめは、頭に角が生えた、鬼みたいな外見だった。

電車の中でも不安がって、気もそぞろな私を香耶子がずっと励ましてくれた。

「大丈夫だって！　清長さんなら、きっとなんとかしてくれるよ！　それにしても、これってどういうことだろう……猫股はいなくなったのに、夏凛、他の妖怪まで見えるようになっちゃったってこと？」

「わからない……」

本当にわからない。私は今まで香耶子の話を面白がって聞いていたけれど、占いとか幽霊とかあやかしとかUFOとか宇宙パワーとか、そういうものとはどちらかというと距離を置いて生きてきた。初詣《はつもう》でとかで、神社のおみくじを引く時には大吉が出るといいな、とか思う程度にしか、スピリチュアル的なものを信じていない人間だった。

そんな人間が、いきなりあやかしが見えちゃうなんてことはあるんだろうか。

四つもあやかしが見えてしまって、すっかり気が抜けてしまった私を引きずるようにして香耶子が清長さんの事務所に連れていってくれ、チャイムを鳴らした。清長さんは、すぐに出てきた。

「今日、来る予感がしていたんだ」

そう言って、清長さんはこの前のリビングルームに私たちを通してくれる。相変わらず暗い。清長さんが椅子を勧《すす》め、コーヒーを淹れてくれる。この家に入ってから、あやかしの姿は見えていない。清長さんが何か不思議な力を使って、結界みたいなものを張っているんだろうか。

「それで、何があった？」

「実は……」

私は香耶子の口も借りながら、あやかしらしきものが見えてしまうと話した。話しながら、なんだか泣きだしたい気分になってきて、声がうわずってしまう。

「いったい、私に何が起こってるんですか？　リリィはちゃんとペット霊園に入れたし、成仏してくれたはずですよね？　たしかにリリィ以外の猫股も見えてたけど、今は他にもわらわら変なものが見えちゃうし……」

「ひとつだけ、心当たりがある」

清長さんが、棚を指差した。立派なパワーストーンたちが鎮座している棚。

「この前ここに来た時、アメジストを割っただろう？」

「はい……」

「あれは、ヒマラヤでかなり霊力の高い霊媒師《れいばいし》に気を入れてもらったパワーストーンなんだ。値段のつけられるものじゃないが、仮に価格がつくとしたら、三百はいく」

「三百ぅ⁉」

私と香耶子が目を白黒させ、声を引っくり返して驚いていると、清長さんは神妙な顔で頷く。

てか、高いものじゃないから気にしなくていいって言ってたじゃん！　この大ウソつき風水師‼

「あれが割れたことがきっかけで、お前のスピリチュアル的な能力が開花してしまった、ということだと思う。人間はみな、自覚していないだけでそういう能力を少しずつ持っているんだが、お前の場合は能力が計り知れないくらい強い。だからアメジストが反応して、あやかしが見える力が覚醒してしまったんだな」

「そんな、どうすればいいんですか⁉」

そう言う私の声、涙で掠《かす》れちゃってる。

だって、今日だけでも一反木綿だの河童だの鬼だの、いろいろ見ちゃってるんだもん！　いつ何時《なんどき》、ああいうものを見ちゃうかって、これから一生怯《おび》えて暮らさなきゃいけないわけ⁉

「スピリチュアルな能力が強まり過ぎてしまった人間は、勉強するのが一番いい」

「勉強？」

そう聞いて思い浮かぶのは、学校の勉強。英語や物理や数学や古文が、いったいこのへんてこな能力にどう役立つというのか。

「勉強といっても学校の勉強じゃなく、風水の勉強だ。一般にはあまり知られていないが、中国の伝統風水である玄空飛星風水は、気学や家相、四柱推命《しちゅうすいめい》、断易《だんえき》もわかっていないとできない」

「要は、占いの勉強をするってことですか？」

「そういうことだ」

そう言いながら、清長さんは煙草《タバコ》に火を点けた。煙草なのにパパがたまに吸うものとは違って、嫌な匂いがまったくせず、緑の香りがする。これも、風水師としてのアイテムのひとつなんだろうか。

「どうだ、ここはひとつ、俺のところでバイトしてみないか」

「バイト？」

「端的に言うと、俺の助手をしてくれ。時給三百円は出す」

「三百円……」

今どき、草むしりのバイトだって時給千円はくれる。それを三百円だなんて、労働基準法に違反してない？　しかし三百万円のアメジストを割ってしまった以上、働いて弁償しなければいけないということか。

「お前のあやかしが見える力があると、俺も助かる。何よりお前が俺のところで勉強することで、力の使い方もコントロールできるようになっていくだろう。悪い話じゃないと思うんだが」

「夏凛！　はいって言いなよ!!」

香耶子がなんで首を縦《たて》に振らないのかという顔で言う。この子からしたら、むしろ自分が清長さんのもとでバイトしたいだろう。あやかし大好きだし。

「妖怪も幽霊も宇宙人も大好きなのに、まったく見えない、見たことがないあたしからしたら、夏凛の能力って素晴らしいものだけどさ。でもそれで困ってるなら、清長さんの言う通りにすべきだよ！」

「香耶子の言いたいことはわかるけど……私に務まるかな？　風水のことはこれから勉強するにしても、あやかし退治なんて、私がどれだけ清長さんの役に立てるか」

「あやかしが見えればいいってものでもないが、助手がいると心強い」

清長さんが私の背中を押してくる。声がちょっと優しい。

「男一人で風水師なんてやっていると、鑑定の際に警戒されることもある。女性のクライアントさんが多いからな。女のお前がいたほうが、その場の空気が和《なご》むと思う」

「そう……なんですか……」

「夏凛、清長さんの助手になりなよ！　何度でも言っちゃう、あやかしが見える夏凛はすごい!!」

すごい。既にコンプレックスになりかけているこの能力をそう思ってもらえると、変に自己否定をせずに済む。

あやかしが見えちゃう女子高生。まぁ、そういうのが日本に一人くらいいても、バチは当たらないということか。

「ひとつだけ、お願いがあります」

「なんだ?」

清長さんが、煙を吐き出しながら私を見る。やっぱりこの煙草、普通の煙草じゃない。すっごくすがすがしい香りが空間を浄化していく。

「私のこと、お前って呼ぶのはやめてください。真鍋夏凜。この名前、私、けっこう気に入ってるんで」

「了解した。俺のことは、下の名前で清長でいい」

「さすがに、さん、はつけますよ」

清長さんが、ふっと口元を緩《ゆる》める。よく見ると、前歯の形がちょっと悪い。それすらもチャーミングに見えちゃうんだから、イケメンっておトクだ。

ということで私は、あやかし退治を得意とする風水師・清長さんのもとで助手としてバイトすることになったのだった。

## 「玄空飛星風水」って？

現在日本で一般的に広く知られる「風水」は、たとえばインテリアに使用する色のこと(東は青、南は赤、西は黄色やピンクやオレンジを使用するのが吉)や、部屋の配置のこと(キッチン、トイレ、バスルームといった水回りの位置を相応しい方位に固定するべき)に関する指南が多いですが、これは「九星気学」という占術をベースにした「家相学」を「風水」ととらえているためで、日本独自で発展した「風水」といえます。

これに対し、海外(主に香港やマカオ、シンガポールなど)で広く使われている風水は、「玄空飛星風水」を活用しているケースが商業施設などで多く見受けられます。「玄空飛星風水」が一般的に知られるようになったのは1990年代で、それまではごく一部の人しか知ることが出来なかった、閉ざされた学問でした。
「玄空飛星風水」の大きな特徴は住宅周辺の「目に見える環境や形状」と、住宅内に入り込む「目に見えないエネルギー」を計算式で導き出す方法にあり、この２つを元に寝室などの部屋の配置や玄関の方位の吉凶を導き出す、大変難解な学問(開運環境学)になります。

さらに日本の風水と異なる点は、住宅に入り込むエネルギーの吉凶が大きく20年ごとに変わることです。
この考え方は、方位と部屋の間取りや配置の吉凶が固定化されている日本の風水には存在していません。しかし近年、「玄空飛星風水」を英訳し「フライングスター風水」として広めた風水師の活躍により、日本のほか、アメリカ、オーストラリア、ドイツをはじめとするヨーロッパ諸国でも人気の環境学となりつつあります。

# 第二話 忘れられた座敷童

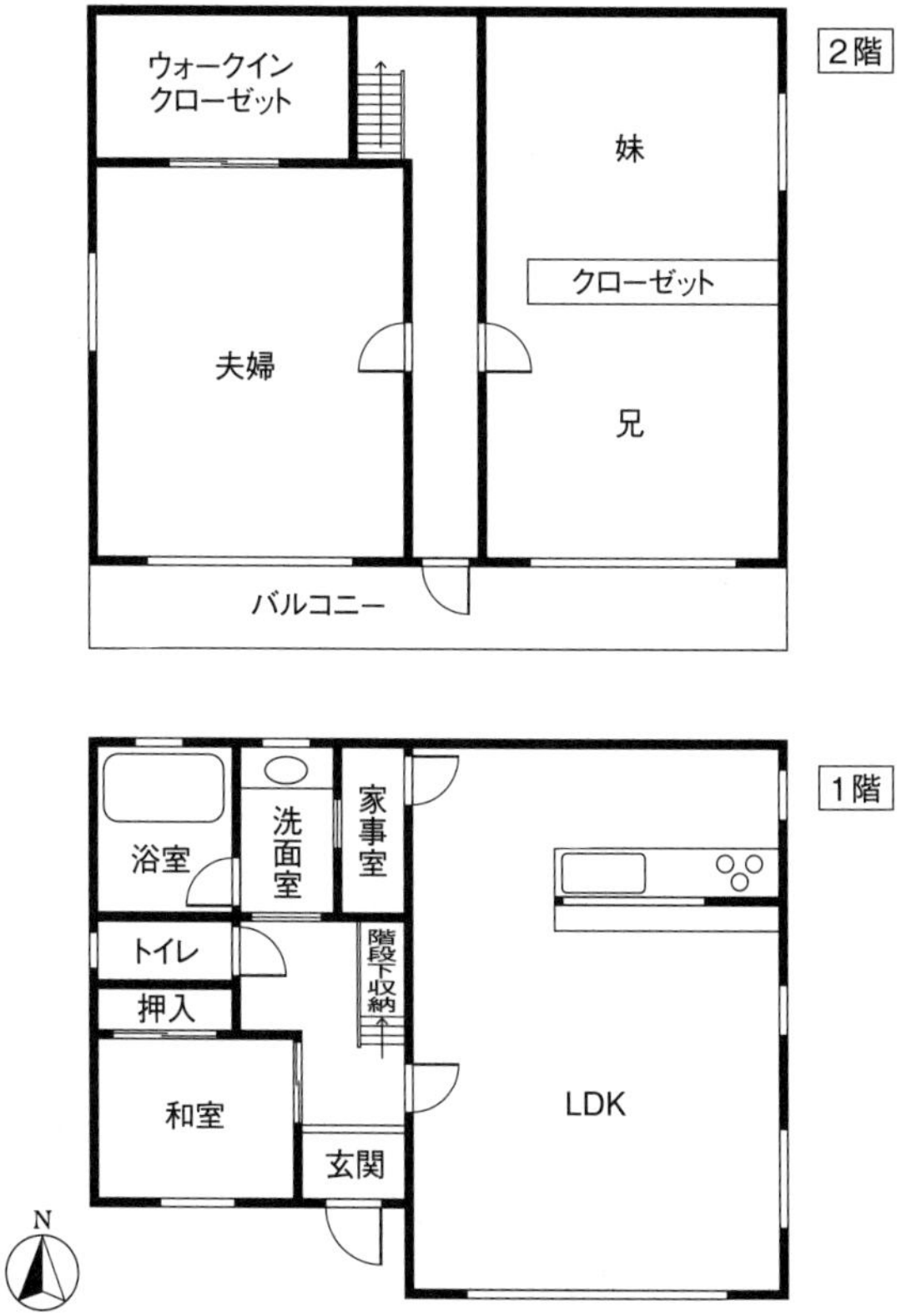

梅雨《つゆ》入り宣言が出されてから、毎日のように雨が降り続いている。

雨は、嫌いだ。どんなに傘を差していても雨脚が強ければ身体のどこかが濡れてしまうし、うっかり水たまりを踏もうものならソックスが雨水でべとべとになる。

でも香耶子《かやこ》は、雨の日も嫌いじゃないと言う。

「雨の日のほうが、あやかしとか幽霊とかが元気がいい気がするんだよねー。暗いもの、水場、そういうところを好むからさ。あぁ、あたしもいつか夏凛《かりん》みたいに、本物のあやかしが見たい！」

「まったく、人の苦労も知らないで……」

学校帰り、清長《きよなが》さんの事務所を目指して歩く私たち。道端《みちばた》に植えられた紫陽花《あじさい》が、今が盛りとばかりにピンクや青の彩《いろど》りを雨の中で見せている。

助手として、私は今、週に三度、清長さんの事務所を訪れている。特別に、付き添いとして香耶子を連れてくる許可ももらった。今のところ、仕事はしていない。研修期間として、占いの勉強と、あと私の霊感のプロテクトがメイン。

清長さんのあやかし風水師《ふうすいし》としての腕は本物で、私みたいに突如《とつじょ》としてスピリチュアルな力に目覚めてしまい、それをコントロールできなくて困っている人間への対処法も知っていた。霊感のプロテクトをしてもらった途端、街中でいきなり一反木綿《いったんもめん》やら鬼やらを見かけることもなくなった。

　まぁ、それも一時しのぎのもので、三日くらいしか持たないから、週に三度はこうして事務所を訪れ、研修も兼ねて霊感のプロテクトをしてもらってるんだけど。

「二人とも、けっこう濡れてるぞ。外はだいぶ雨脚が強かったみたいだな」

　事務所に着くと、清長さんが出迎えてくれる。梅雨入りしてから、清長さんはなんとなく元気が良くなったような気がする。そのことを告げると「梅雨は日照時間が短いから」と言われた。

　ある日、話のついでにこう訊《き》いてみたことがある。

「清長さんって、なんでそんなに太陽の光が苦手なんですか？」

　最初に会った時に覚えた、小さな違和感。しかしそこに切り込むと、清長さんは眉根を寄せた。

「詳しくは言えない。その時が来たら、話す」

　そこで、その話は終わってしまった。

　清長さんが太陽の光が苦手なのは、簡単に言えない事情があるんだろう。病気とか、もしくは太陽にトラウマがあるとか、そういうことなのかもしれない。

「ほら、タオル」

清長さんがぽん、と私たちにタオルを放る。ちょっとお高そうな真っ白なタオルだ。

「ありがとうございますー」

私と香耶子はタオルを受け取り、傘で雨を防ぎきれずに濡れてしまった箇所を拭《ふ》いた。

わぁ、脚がかなり濡れてる。これだからやっぱり、雨は嫌い。香耶子や清長さんみたいに、雨の日でも明るくいられる人が羨《うらや》ましい。

「今どきの女子高生って、なんでみんなそんなにソックスが短いんだ？　今日は雨で冷えてるから、ハイソックスのほうがいいだろうに」

「清長さん、意外とじじくさいこと言うんですね……これは、クラス内にカーストがあるんですよ。スカートは短くし過ぎないで、ソックスはなるべく短く。肌色面積が多いほうがカースト高くてえらい！　みたいな」

私がそう説明すると、清長さんはわかっているのかわかっていないのか、どちらともつかないような反応だった。

「女子高生は、難しいな」

「しょうがないでしょう。思春期なんだから」

「あたしは、カーストとかあんまり興味ないけどねー。クラスで浮いちゃってるし」

こんなことをカラッとした調子で言う香耶子。なるほど、本人にも浮いているという自覚はあったのか。

「とにかく、今日もまずは除霊からだ。うん、夏凛、今日もだいぶまとわりつけてきたな、邪気がいっぱいだ」

「えー、怖いこと言わないでくださいよ」

「俺が祓《はら》ってやるから心配ない」

清長さんが白檀《びゃくだん》のお香を焚《た》き、数珠《じゅず》を取り出して呪文を唱える。最後に、神主《かんぬし》さんが使うのに似た、はたきみたいな棒で私の頭上を振り払う。毎回やってもらっているんだけれど、これだけで毎日の生活で積み上げられ、心に溜まったモヤモヤがスーッと晴れていく気がする。

あやかしが見える能力の正体って、もしかしたら清長さんが言う「邪気」のことなのかも、と思ったり思わなかったり。

「じゃ、今日も勉強するぞ。二人とも、ノートは持ってきたか？」

「はーい、先生！」

香耶子が元気よく返事をする。香耶子は凄腕《すごうで》の風水師から、タダで占いの知識を教えてもらえるなんて、すごいことだとよく言っている。私はその世界にまだ足を踏み入れたばかりだから、そう言われてもピンとこないんだけど。

「この前は太極《たいきょく》について話したから、今日は陰陽五行説《いんようごぎょうせつ》の勉強をしよう」

ホワイトボードに、清長さんが五芒星《ごぼうせい》を描く。いちばん上に火、右横が土、右下が金、左下が水、左横に木と文字を入れていく。

「この世の万物はすべて、木火土金水《もっかどごんすい》のいずれかに分類できる。そしてこの木とか火というものは、繋がっているんだ。木が燃えるから、火が盛んになる。火が燃えた灰から、土が生まれる。その土から、金がとれる。水は水滴として金につくから、金から生まれる。さらに金から生まれた水が、木を潤《うるお》す」

「えーと。それってつまり、木と火と土はそのままで、金は鉱石とかダイヤモンドみたいなもの。水は水滴ってことでいいですか？」

「そういうイメージでいい。香耶子は本当に呑み込みが早いな」

私は香耶子に負けじと、ノートに金↓鉱石、水↓水滴とメモする。助手の付き添いで来ている香耶子に、正式な清長さんの助手になった私が風水の知識で劣るわけにはいかない。

「だから、この図で隣り合っているものは繋がっている。逆に、互いに克《こく》し合う関係性もあるんだ。木は土の養分を吸い取る。火は金を燃やしてしまう。金は木を切り倒す、これは斧《おの》のイメージだな。水は火を消してしまうし、土は水をどろどろにする。言っていること、大丈夫か？　わかるか？」

「風水の勉強って、すごく抽象的っていうか、イメージしないといけない部分はありますよね」

　ぽろっとこぼれた本音を、清長さんが掬《すく》いとる。

「本当にその通りなんだ。風水や気学、家相《かそう》、姓名判断。東洋の占いは、どれもイメージを大事にしている。特に姓名判断なんて読み下しと言って名前の全体の響きをいちばん重要視するから、これこそは運がいい、という名前は一概《いちがい》には存在しない。東洋の占いは、右脳も左脳も、どちらも使うよ。でもだからこそ、脳の今まで眠っていた部分を活性化させることで、夏凛のあやかしが見える力も俺に頼らなくてもそのうち自分でコントロールできるようになっていくと思う」

「そうだったらいいんですけど」

　だって、いつまでも週に三回、下北沢《しもきたざわ》まで通うのも大変だもん。交通費だって馬鹿にならないし。清長さんはそこのところ律儀《りちぎ》で、研修期間だから時給は出せないという代わりに、電車賃だけくれるけれど。

「ねぇ清長さん、もっと使える風水の知識って、何かないですか？　たとえば、こういう色だと運が上がるとか」

「これも一概には言えないが、みんな、春や夏は華やかな装《よそお》いをしているけれど、寒くなってくると黒いコートを着るだろう。汚れが目立つ白やベージュより、黒を選ぶ。あれはあまり良くない」

「ええっ、そうなんですか⁉」

香耶子の声が大きくなる。香耶子ってまったくハングリー精神が旺盛《おうせい》っていうか、本当に占い、オカルト、幽霊あやかし宇宙人……そういうものが大好きなんだろうな。

「黒は、水の色だ。水は金から生まれるとさっき言ったが、水のパワーが強くなりすぎると、金が吸い取られてしまう。日本の経済が衰退しているのと、黒い服を着ている人が多いことには関連があると俺は見ている。もっとも最近は、どのファッションブランドも季節問わずヴィヴィッドな色の服を打ち出しているがな。経済を活性化させよう、黒から脱却しようという動きがあるのかもしれない」

「なるほど。じゃあ、今年のあたしのラッキーカラーとかわかります？　星占いだと、黄色がいいって雑誌に書いてあったんだけど、東洋の占いだとどうなるか知りたい！」

「それは気学で診よう。ちょっと待ってな」

清長さんってこうして見てると、本物の先生みたい。自分の興味のあることとなると周りが見えなくなるくらいパワフルな香耶子に合わせて、香耶子の興味のあるものからごく自然な流れで自分の伝えたいことに繋げていく。はっきり言って、学校の先生より教え方が上手《うま》い。

　よく考えたら風水師って、人に鑑定の結果を説明して対策の仕方を指導する仕事だから、教え方が上手いのは当然と言えば当然なんだけど……。

「そういえば、依頼が来た」

　休憩時間、緑茶と、清長さんが午前中に買ってきてくれたというおはぎで頭を休めている時、清長さんが言った。

「依頼って、風水鑑定の依頼ですか？」

「当たり前だろう。うちが何のためにここでこうやって事務所を構えているのか、夏凜だってわかってるだろう」

「そりゃそうですけど、なんか来ても毎回風水の勉強とか、こうしてお茶したりとか、除霊してもらったりとか、そればっかりで。当初の目的を忘れていました……」

「ちょっと夏凜、もうちょっと嬉しそうな顔しなよ！　ついに生で、清長さんの鑑定見れるんだよ！　いいなー、あたしも同行したい！」

「それは無理、遊びじゃないんだから。だいたい香耶子が来たら、うるさくて鑑定にならなさそう」

「やだなぁ夏凜、あたしをなんだと思ってるのー？」

る。

「うるさいあやかしオタク」

漫才みたいな掛け合いをしている私たちを、やれやれといった様子で清長さんが見てい
「今回の依頼は、師匠からの紹介なんだ」

清長さんには、師匠と呼ぶべき人がいるらしい。名前は教えてもらっていないけれど、厳しい修行を積んだ日本でも三本の指に入るほどの風水師さんなんだそうだ。でも一人ではとても数ある依頼をさばけないので、こうして日本各地にいる弟子に自分のところに来た仕事を回しているという。

「依頼者は五十代の女性だ。旦那さんが立ち上げた事業を夫婦で頑張っていたが上手くいってなくて、さらに夫婦そろって身体を壊してしまい、風水でなんとかならないかということだ」

「それって、うちの場合みたいに、家自体に問題があるんですか？」

「それは、現地に行かないとわからない。でも師匠から話を聞いた感じでは、家に問題があると俺は見ている。不幸が続く家族は、たいてい問題のある家に住んでいるんだ。夏凛、今度の日曜日は空《あ》いているか」

「はい、大丈夫です！」

「いい返事だ」

清長さんは、アメとムチの使い分けが上手い。こういう時、目の横に皺《しわ》ができるチャーミングな笑顔のおかげで、心にふっとランプの火が灯《とも》るような気がする。

楽しみだな。日曜日。

日曜日は新宿《しんじゆく》で清長さんと待ち合わせて、JRや私鉄を何度か乗り換えて、都内でもかなり埼玉《さいたま》に近いあたりまで来た。

清長さんがスマホでグーグルマップを見ながら、私を案内する。今回の依頼者である大《おお》垣《がき》さんの家にたどり着いた途端、清長さんが眉根を寄せた。

「これは反弓殺《はんきゆうさつ》だな。地理風水が良くない」

「ハンキュウサツ？」

「カーブのぐるっと曲がったところに、家が建っているだろう。そもそも交通事故にも遭《あ》いやすいし、家に入ってくるエネルギーが強過ぎてアクシデントが起こりやすい」

「へぇ」

清長さんがチャイムを押す際、私は隣でちょっと緊張していた。今日は着ていく服に、すごく悩んだ。ミニスカートもジーパンも失礼な気がするし、かといって制服ではまずい。

迷った末、お母さんの趣味で中学の時に買ってもらった、ブランドものの黒いワンピースにした。ちょうど膝《ひざ》が隠れる丈《たけ》だし、でも衿《えり》がセーラーになっていて、袖《そで》はレースがついていて女の子らしく、かつ全体的に見てきちんとした印象の服だ。

「はぁい」

しばらくして、女の人の声が返ってきた。

「十三時にお約束した、安倍《あべ》清長です」

「お待ちしておりました」

パタパタ、とスリッパを履《は》いた足音が近づいてくる。玄関を開けたその女の人は、パッと見てわかるほどやつれていた。五十代だって聞いていたけれど、白髪《しらが》が目立つその髪のせいで六十代くらいに見えてしまうし、頬が瘦《こ》けている。夫婦共に病気になった、と清長さんが言っていたことを思い出した。

「えぇと。安倍清長さんで、間違いないですか?」

疲れた色の瞳が、清長さんを捉《とら》えた。

「はい、私が安倍清長です」

「そうですか、失礼しました。あの、もっと歳のいった方を想像していたもので……」

あぁ、それは無理ない。だって風水師って、私も某ナントカのナントカパみたいなおじいちゃんを想像していたもん。最初はね。こんなに若いイケメンが風水師だなんて、ギャップがすごいだろう。

「あの、そちらのお嬢さんは？」

大垣さんが私を見る。顔がちょっと怪訝《けげん》そうだ。

「事前に説明していなくてすみません。今、清長さんのところで勉強しながら働いています。今日はよろしくお願いいたします」

「真鍋《まなべ》夏凛です。助手です」

あらかじめ頭の中で考えていた挨拶《あいさつ》を言って頭を下げると、大垣さんの表情がちょっとやわらかくなった。

しっかり挨拶。仕事の基本。

清長さんから、事前にきちんと叩き込まれた。

「とにかく、中に上がってください。散らかってますが」

そう言いながら、大垣さんが私たちに来客用のスリッパを差し出してくれる。

家の中は、きれいだった。散らかってますが、なんて言い訳みたいに言われたけれど、ちっとも散らかっていない。リビングの隅っこに古新聞が積み重ねてあったりとか、ちょっと庶民的な雰囲気はあるし、全体的に雑然としているけれど、きれいなほうだと思う。

私たちを招くために、掃除をしたのかもしれない。

「緑茶しか今ないのですが、これでいいでしょうか」

「はい、ありがとうございます」

「すみません」

「あまり、肩肘《かたひじ》張らないでリラックスしてお話しください。師匠から、だいたいの事情は聞いています。なんでも、お仕事が上手くいっていないとか」

清長さんの声が普段よりもやわらかくなる。仕事用の、しかも自分より時間も人生経験も積み重ねた立場の人に対する話し方なのだろう。

それにつられるように、大垣さんの口から言葉がすらすらと出てくる。

「主人とは、もともと同じ税理士事務所で知り合いました」

その後の話を要約すると、以下のようになる。

大垣さんとその旦那さんは税理士。大垣さんは結婚と同時に仕事を辞《や》めたけれど、旦那さんは五年前に独立して、それから旦那さんの仕事を手伝っていたという。しかし、その経営が上手くいかず、会社は自転車操業状態。さらに、旦那さんが三年前、交通事故に遭ったという。

清長さんは、メモを取りながら大垣さんの話を聞いている。三年前に事故、と手元のメモ帳に書き込んでいるのが見えた。

「幸い手は動かせるんですが、右脚に麻痺《まひ》が残ってしまいまして……車椅子と杖に頼る日々で、この歳で夫の介護をしながら、会社をやっている状態です。そんなことをしているうちに半年前、私にも癌《がん》が見つかってしまって」

「どこの癌ですか」

「子宮体癌《しきゅうたいがん》です」

子宮頸《けい》がんと、子宮体癌は違う。子宮頸がんはウイルスで感染するし、ワクチンを打てば予防できるけれど、子宮体癌のほうはどうにもならなかったりする。これはいつだったか、お母さんがご飯を食べながら話していたことだ。

「おい」

家の奥から、不機嫌さを隠さない声が聞こえてくる。間もなく車椅子に乗った男の人が現れた。顔が、ずいぶんと強張《こわば》っている。一見して、昭和の頑固親父タイプだな、とわかった。

「トイレだ。連れていってくれ」

「今行くわ」

「そいつらは誰だ」

ぎろりと清長さんと私を睨《にら》みつける大垣さんの旦那さん。思わずちょっと身構えてしまう。

「こないだ話していたでしょう、風水師さんよ。仕事のことや私たちのこと、なんとかしてもらえるかもしれないと思って」

「そんなインチキ臭《くさ》いもので、なんとかなるはずないだろう」

そう言って、旦那さんは清長さんに冷たい視線をちらりと当てた。

私も正直、清長さんに会うまでは、風水だのあやかしだの信じてなかった。自分の目で実際に見たから、信じられたってだけで。香耶子の話も、信じてるから聞いてたんじゃなくて、面白いから聞いていた。

だから、風水や占いを信じないって人の気持ちもわかる。でも。

お金を払って来てもらっている人の前で、そんなこと言うなんて、ちょっと無神経じゃない？

小さな怒りを覚えるのと同時に、この冷たい旦那さんに対して恐怖心めいたものも感じた。この人たち、お金を払って鑑定してもらっても、風水対策を実践《じっせん》できるのかな……かえって夫婦で揉《も》めたりしないといいけれど。ちょっと心配。

「あと、さっき淹《い》れたお茶、薄かったぞ。出がらしは出すなと言ってるだろう」

「ごめんなさい」

わぁ、この会話、いかにも亭主関白な旦那さんと奥さんって感じ。大垣さんは怒られてしゅんとしながらも、旦那さんをトイレに連れていく。

「うちの人は、昔からああなんです」

トイレが済み、旦那さんが寝室兼仕事部屋に戻っていった後、大垣さんが言った。

「頑固親父というか、亭主関白というか。自分のことをなんにも自分ではしなくて、お金を稼いできてるのは俺なんだって威張ってばかり。子どもに対しても、厳しかったですね」

「結婚後、男の人が、自分でできることも自分でしなくなるのはよくあることです。俺もそういうクライアントさん、何人も見てきたので。立ち入った質問ですみませんが、結婚を機にお仕事を辞められたのは、何か理由があるんですか？」

ちょっとの間《ま》の後《のち》、大垣さんは覇気のない笑みで答えた。

「理由も何も、その時代はそれが当たり前だったんです。私の母も専業主婦でしたし、主人は結婚したら女は家を守るものだと思っていますし、私もそう教えられたので……主人が独立するまでは、働いていませんでした。お若い方からしたら、わからない感覚だと思いますが」

「なるほど、わかりました」

ここで清長さんが、ペンと紙を取り出す。

「ここに、家族全員の名前と生年月日、そして家を建てた年を書いてください。お子さんはいらっしゃいますか」

「娘と息子が一人ずつ。今は離れて暮らしていますが」

「では、そのお二人の名前と生年月日も書いてください」

渡された紙に、大垣さんの几帳面《きちょうめん》な字が並んでいく。

大垣　文雄（おおがき　ふみお）　1960年11月10日生まれ
大垣　美代子（おおがき　みよこ）　1968年3月11日生まれ
大垣　風馬（おおがき　ふうま）　1995年8月28日生まれ
大垣　綾菜（おおがき　あやな）　1997年12月3日生まれ
一九九二年築

頭の中で、生年月日を逆算する。

依頼者の美代子《みよこ》さんは、五十八歳。長男の風馬《ふうま》さんは二十八歳で、長女の綾菜《あやな》さんは二十六歳。そして、あの頑固親父は六十三歳。みんな、私より遥《はる》かに年上の大人だ。

私と同い年ぐらいの子どもがいれば、私も少しは助手として清長さんの役に立てたかも。思春期の悩みを聞いてあげたりとか。でもそんなこと、とても出来る感じでもないな。

助手としての初仕事は、思ったよりハードだ。

紙に書いてもらう作業が終わると、いよいよ清長さんの鑑定が始まる。私の家を鑑定してもらった際にも目にした、羅盤《らばん》と呼ばれる赤い方位磁石みたいなものを使って、清長さんは美代子さんからもらった家の図面に線や文字を書き込んでいく。

「なるほど、東南張りの南玄関か……ご主人の部屋は、この、一階の和室で合ってますか？」

「はい」

「なるほど。今は右脚の状態は安定しているほうじゃないですか？」

「そうですね。良くもならず、ひどくもならずといった感じで。お医者さんには、これから認知症の心配も出てくる年齢なので、なるべく長く仕事を続けさせるようにと言われています」

「ちょっと、二階を見てもいいですか」

清長さんが言って、美代子さんが頷《うなず》く。

「どうぞ」

階段を上る時、清長さんの口から「中央階段か」という言葉がぽろりと零《こぼ》れ落ちた。

「ふむ、これは良くないな……」

二階に上がった途端、清長さんが言った。

「何が良くないんですか?」

「二階の部屋が、ちょうど向かい合わせになっているだろう。こういう家は多いんだが、風水的にはあまり良くないとされている」

「へぇ……」

「まず、ご夫婦の寝室から見せてください」

美代子さんが頷き、寝室のドアを開ける。

水色のカーテンは閉め切ってあり、ベッドが二つ。文雄《ふみお》さんのベッドは、たぶん今は使われていないいんだろう。あまりにもベッドメイキングが整えられていて、かえって落ち着かない感じになっている。

「奥さんが寝ているのは、こちらのベッドですか」

「はい」

少し布団が乱れているベッドを指差し、清長さんが言う。何かがわかった、というような表情。

「わかりました。次は、風馬さんと綾菜さんの部屋を拝見させてください」

風馬さんと綾菜さんの部屋は、八畳間をクローゼット機能つきのパーテーションで仕切ってあった。風馬さんの部屋には大きなパソコンが鎮座していて、綾菜さんの部屋は壁にプリクラを飾ってあったり、女の子らしい部屋だ。

「このクローゼットは、綾菜さんが使っていたんですか」

「はい」

「中を、ちょっと拝見させていただいてもよろしいですか」

少し間《ま》があった。

「大丈夫です」

何かを諦《あきら》めたような声だった。

清長さんがクローゼットを開けて、私は目を見開く。ブランドもののバッグ、洋服、靴。ファッションにはどちらかというと疎《うと》い私でもわかるほど、一目で高いとわかるものばかりだ。綾菜さんが、ファッションが大好きなのがわかる。

美代子さんが恥ずかしそうに言う。

「あの子は、自分を飾ることにしか興味がなくて、高校生の時から服を買ってくれとせがむので困りました。買ってくれないなら援助交際する、なんて言うので、仕方なくお金を渡していましたけれど……もちろん、主人にバレると怒られるので、こっそりとですが」

「立ち入ったご質問ですみませんが、綾菜さんは今どんなお仕事をされていますか？」

また沈黙。そして美代子さんがおずおずと口を開く。

「都内で、派遣社員をしています。正社員になってほしいと、私は思っているのですが……」

そんな希望は絶対叶《かな》わない、とわかりきっている。そんな本音が滲《にじ》み出た声だった。

そして私たちは一階に戻り、お風呂場やトイレなど、改めて隅から隅まで家の中を調べる。この家は結構広くて、洗面所の横に洗濯機と家事ができるスペースがあった。

「これは、納戸《なんど》ですか」

家事室の真向かいにある納戸を見て、清長さんが言った。

「はい。この中も見ますか？　ここまで掃除ができていないので、本当にお恥ずかしいのですが」

「できれば見せてもらえると助かります」

清長さんが言って、美代子さんがあまり気の進まない様子で扉を開く。

暗い納戸には、いくつもの段ボールや、冬に使うであろうストーブが収められていた。

そしてそのストーブの横に――小さな男の子が立っていた。

えっと、これって……あやかし？

表情は今にも泣きだしそうに沈んでいて、この世の者じゃない感じだけれど、着ているものはいわゆる座敷童《ざしきわらし》っぽい和服とは違い、今どきの子どもの洋服だ。Tシャツに短パンだもん。

「あの、この家ってもう一人子どもがいたりします？」

そう美代子さんに訊くと、美代子さんが変な顔をした。

「いえ、子どもは風馬と綾菜だけです」

「そうですか……」

私はこそっと、清長さんに耳打ちする。

「清長さん、いる」

「何がだ？」

「見えてないんですか？　あれ、きっとあやかしですよ」

清長さんが眼鏡を外す。そしてストーブの横をじっと見て、再び眼鏡をかける。

「うん。たしかにいるな」

どうやら清長さんの眼鏡は、あやかしを見る能力や、霊感をプロテクトするための力があるらしい。本当に実力のある占い師は霊感なんかに頼らない、理論に基《もと》づいた知識を使って鑑定していく、っていつだったか、事務所に行った時に聞いた。

「風水対策をお伝えする前に、聞いていただきたいことがあります」

リビングで二杯目の緑茶を飲み、美代子さんと向かい合う形になった清長さんが言った。

「美代子さんは、俺に隠していることはないですか」

美代子さんの顔がみるみるうちに青ざめていく。

それはまさに、秘密を言い当てられた人の表情だった。

「中央に階段、そして向かい合わせの部屋。この家にはいろいろと問題がありますが、いちばん俺が気になったのはそこなんです。この家は、隠し事の多い家です。美代子さんも、俺に嘘をついているでしょう。正直にお話ししていただかないと、風水対策はお伝えできません」

「――わかりました、すべてお話しします」

美代子さんが、今にも泣きだしそうな顔になった。

「もうずいぶん前から……風馬も綾菜も、家に寄りつかないんです。自活できる年齢になったらポンと家を出ていってしまって、お盆もお正月も帰ってこなくて……」

美代子さんの目が涙で膨《ふく》らみだした。清長さんはじっとその話を聞いている。

「さっき、綾菜は派遣社員をやっていると言いましたが、違うんです。本当はキャバクラで働いてるんです。大学の頃からやっていて、いつも帰りが遅いし、クローゼットの中に高いものばっかりあるので何の仕事をしているのかと思ったら、綾菜の机から大量の名刺が出てきて……主人と私と綾菜とで、大喧嘩になりました。そして綾菜は、家を出ました。大学も辞めてしまったので、ますます深い水商売の深みにはまってないか心配です」

「それはご不安ですね」

カウンセラーみたいな清長さんの口調は、美代子さんの悩みにちゃんと寄り添っていた。

キャバ嬢に憧《あこが》れる女子高生は少なくないし、クラスでも「大人になって会社でおじさんにコキ使われるくらいならキャバで稼ぎたい」なんて堂々と言う子はいる。私にはわからない感覚だし、綾菜さんがどんな気持ちでキャバ嬢になったのかもわからない。でも、その選択が周りの人を苦しめてしまっていることはたしかだ。

「綾菜さんについては、わかりました。風馬さんのほうはどうですか」

「風馬は、昔から主人と仲が悪いんです」

美代子さんの目から、ぽろりと涙の粒が零れ落ちる。

「子どもの頃は厳しい主人に反抗することはなかったんですけれど、思春期頃から対立が深まって……反抗期を卒業できないまま、大人になってしまったというか。風馬は大学の情報学部で学んで、在学中にＩＴ企業を立ち上げました。主人は若いうちは人に使われたほうがいいという価値観だったので、風馬とはその点でも対立しました。今は風馬も主人と関わり合いになりたくないのか、全然家に帰ってこないし、メールしても返事が来ません」

「なるほど、わかりました」

ティッシュを取り出し、目元を拭《ぬぐ》う美代子さん。そんな美代子さんが落ち着くのを待って、清長さんが言った。

「実はこの家族の仲があまり良くないことは、俺にはわかっていたんです」

「えっ」

私と美代子さんの声が重なる。清長さんが、美代子さんの前に名前を書いてもらった紙を押しやる。

「美代子さんは水の名前、文雄さんと風馬さんも水の名前、綾菜さんは火の名前なんですよ。親子で、どうしても対立しやすい組み合わせなんです。そもそも水の名前は、姓名判断ではあまり良くないとされています。とても心のきれいな優しい方が多いですが、気苦労が耐えないことが多いので」

「そうなんですね……」

この前の、陰陽五行説の講義を思い出す。水は火を消してしまう、だっけ。綾菜さんは、火のように強く華々しく生きたかったけれど、それを邪魔されてしまったんだろうか。自分らしく生きさせてもらえなかったんだろうか。だからこそ、水商売の世界に入ってしまったのか――。

勝手なストーリーを、つい頭の中で想像してしまう。

「では、風水対策をお話ししますね。メモを取ってください」

美代子さんの背筋がしゃんと伸び、メモ帳を取り出す。

「まず、玄関の扉やサッシ、フィルムなどをグレーに変えてください。この家は反弓殺といって、アクシデントを呼び込みやすいので、そういった対策が必要です。その上玄関が南にあるので、一家離散しやすい。なので玄関に黒い花瓶を置いて、三本のバンブーを飾ってください」

美代子さんは、真剣な表情で言われたことをメモしている。

「東と東南、これはリビングですね。赤いコースターやクッションなどを置きましょう。長女である綾菜さんの奔放《ほんぽう》な振る舞いが少し収まるかもしれないので。そして、寝室は夫婦共にグリーンでリネンやカーテンを統一して、観葉植物を置いてください。アイビーがおすすめです。美代子さんの寝ている位置が良くないので、ベッドを南西にずらして南枕で寝てください」

こういった言い方も変だけど、清長さんって本当に風水師さんなんだなぁ。すらすら風水対策が出てくる。私の家の鑑定の時は、玄関にバンブーとか、寝る位置をずらすとか出てこなかったし。それだけ、大垣家の抱《かか》える問題は根深いのかもしれない。

「さらに、六枚の古銭《こせん》を階段の床に置きましょう。厄封《やくふう》じになるので。納戸の扉は、光が入るようなものに変えてください。そしてここからが重要なのですが」

美代子さんの表情がきゅっと引き締まる。清長さんが軽く前のめりになった。

「夜まで、こちらにいさせてもらっても構いませんか。この家には、あやかしがいます」

「あやかし……？」

「妖怪と言い換《か》えていただいても構いません。悪さはしていないですが、美代子さんはそのあやかしと、話し合う必要がある。ご主人にも同席してもらってください」

「構いませんが、なぜ夜まで？」

「夜のほうが、あやかしの力が強まるんです。夜に術をかけたほうが、姿を現しやすい」

清長さんがもう一段、前のめりになる。

「これは美代子さんにとっても、ご主人にとっても、綾菜さんや風馬さんにとっても、必要なことなんです」

この家にはあやかしがいるから、夜まで待ってあやかしと「話し合う」と文雄さんに伝えると、アンチスピリチュアルな頑固親父は案の定《あんじょう》渋い表情をした。

「そんなものがいるなんて、お前は本気で思っているのか。いよいよボケたか。困るぞ、俺より先にボケてもらっちゃ」

「文雄さん、そんなことは言わないであげてください」

清長さんがやわらかく、でもはっきりとした口調で文雄さんをたしなめる。文雄さんは相変わらず胡散臭そうに清長さんを見ている。

「あやかしは本当に、この家にいます。俺もこの助手も、あやかしを見れる力があるからわかります。姿を現すまで、信じられないと思いますが」

「ふん、追加料金はかからないんだろうな」

「もちろん、あやかしの問題を解決した上で、この価格でやらせていただいています」

美代子さんから話を聞いたところ、文雄さんには風水鑑定の金額は一万円だと嘘をついているらしい。十万円も風水鑑定に使ったなんて知ったら、そんなわけのわからないものにそんな高いお金をかけるなんてと怒られてしまうので、と眉を下げて言っていた。

「金がかからないなら、それでいい。チップなんてやらないからな」

文雄さんは美代子さんが作って出してくれた夕食を食べている間も、ずっと不機嫌そうだった。

「お前の味噌汁はいつも薄過ぎる」

「米がなんでこんなにやわらかいんだ」

「ほんとに、何度言っても直らないんだなお前は。主婦歴何年だ」――

来客がいるにもかかわらず、グチグチネチネチ文句を言う文雄さん。美代子さんは、ごめんなさいと謝るばかりでそれに逆らうこともしない。

なんだか、うちのラブラブなお父さんとお母さんを見慣れてるからこそ、こういう夫婦を見ていると悲しくなっちゃうなぁ。両親がこんな状態たと、風馬さんも綾菜さんもストレスを感じてたと思う。だからこそ、家に寄りつかなくなったっていうのもあるかもしれない。美代子さんは美代子さんで、文雄さんの言葉を黙って聞くばかりだし。傍《はた》から見てたらこれ、家庭内いじめだよね。

夕飯が終わり、夜も八時を回った頃、清長さんが動いた。私、美代子さん、文雄さん。四人で納戸に行き、リリィの時みたいに床に蠟燭《ろうそく》を立てる。そして眼鏡を外し、数珠を取り出して、お経にも似た呪文をぶつぶつと唱えだす清長さん。

「いったい何をやっているんだ」

文雄さんが車椅子の上で、呆れたように言った。

「今、美代子さんと文雄さんにもあやかしが見えるようにしているんです」

私が言うと、思いきり眉を顰《ひそ》められる。

「ふん、新手《あらて》の手品か」

その言い方に、ちょっとムカッときた。

私は納戸に入ったその瞬間から、子どもの姿が見えていた。現代版座敷童って感じの男の子。彼はむっつりと唇を引き結んでこちらを見ている。やがて清長さんの呪文を唱える口の動きが速くなり、声が大きくなって、ほとんど叫ぶような感じになると、今まで静かだった蠟燭の日が突然ゆらゆらと不穏に揺れだした。台風の日に忘れられた洗濯物みたいな動きで炎が暴れだす。男の子がはっと自分の手を見た。手が光っている。手だけじゃない。脚も、頭も、身体も。

「――え？」

美代子さんが驚きに満ちた声を出した。文雄さんも目を見開いている。どうやら、二人の目にも全身を黄金《こがね》色の光に包まれた子どもの姿が見えるらしい。

『やっと、気づいてくれた。やっと、僕を見てくれたね』

「そんな……まさか、あなたは……」

美代子さんの目からぽろぽろ涙が零れ落ち、薄いメイクが取れていく。男の子は美代子さんに近づいていって、こう言う。

『ずっと、あなたと話したかった。あなたに気づいてほしかった。大人になってからのあなたは、僕のことなんて忘れてたから。あなたにとって、僕のことは失敗だったんでしょう？　なかったことにしたかったんでしょう？』

「違う！　違う！　そうじゃないの……なんて言えばいいのかよくわからないけど、それは違うわ。本当はずっと、心の奥にあなたがいた。忘れられるわけなんてなかった」

どういうことだろう、この会話。聞いている文雄さんがしげしげと美代子さんと男の子を見ている。

「私はね……あなたに、ずっと会いたかったの」

美代子さんが言葉を振り絞る。

「あの時、あなたに会いたかった。ちゃんとこの世に送り出したかった。なのに私の勝手な都合で……本当にごめんなさい」

『いいよ、もう。今言ったのは、本当のことなんでしょう？』

「そろそろ、時間だ」

清長さんが告げる。ずっと数珠を握っている手は強張っていて、額《ひたい》にも汗が滲んでいた。

術を使うのにも、すごく体力がいるらしい。

「この子を、極楽浄土に連れていくぞ。いいか」

「はい、わかりました」

『僕もちゃんと話せたから、大丈夫』

清長さんが少し疲れた顔でうっすら微笑む。

そして、男の子の身体が消えていく。

『ありがとう。ほんのちょっとだけだけど、一緒にいられてよかった。どうか、幸せでいてね』

「ごめんね、ごめんね本当に……そして、ありがとう」

消えゆく座敷童の前で、美代子さんが泣き崩れた。


ソファの上で泣き続ける美代子さんを、文雄さんが一生懸命宥《なだ》めている。それはさっきまでの横柄《おうへい》な頑固親父の姿ではなく、妻に親身に寄り添う夫の姿だった。

「この家で、流産か死産した子どもはいませんか」

美代子さんの涙が止まった頃、清長さんが言った。美代子さんの表情が固くなる。

「そんなのはいないはずだ」

文雄さんが頑固親父に戻って声を出した。

「うちの子どもは、風馬と綾菜だけ。流産した子も死産した子もない」

「実はね、あなた」

美代子さんの声に覚悟がこもっていた。

「私、十六の時にお付き合いしていた人との間に子どもができて……堕《お》ろしたの。誰にも黙って、家から遠く離れた、安くやってくれる違法の病院で……」

文雄さんが目を見開く。

あの言葉は、そういう意味だったのか。

ほんのちょっとだけど、一緒にいられてよかった——。

この世に生まれてこれなかったその子の魂は、最後にそう言って、消えた。

「すごく罪悪感があったし、しばらくは男の人と付き合うのも怖くなっちゃって。でもあなたに出会って、変わったの。あなたとなら、大丈夫だなって」

美代子さんの目がまた潤《うる》みだす。文雄さんが言う。

「どうして、今まで言わなかった」

「言えるわけないじゃない。軽蔑されるだけだもの」

「軽蔑なんか、するわけないじゃないか。お前の過去のことなら、俺はどんなことでも受け入れられる」

文雄さんがそう言うと、美代子さんがぱっと顔を覆《おお》った。

「水子《みずこ》の霊は、怖いものではありません」

泣き続ける美代子さんを励ますように、清長さんが言う。

「現にあの座敷童化した水子も、この家を守っていたんですよ。そしてずっと、納戸から家事をしている美代子さんを見つめていた。自分に気づいてほしい、自分を最初の子どもだって認めてほしい、そんな思いで。堕胎《だたい》した女性のカウンセリングも何度かしたことがありますが、みんな月日が経《た》つと、日々の暮らしに忙殺《ぼうさつ》されてその子のことを忘れてしまうんです。あの座敷童は、そのことが寂しくて、この家に居ついてしまっただけです」

「私は、どうすればいいんですか」

美代子さんが涙で掠《かす》れた声で言う。

「家族全員で、水子供養《くよう》に行きましょう。風馬さんと綾菜さんにも、生まれなかったお兄さんがいることを伝えてあげてください。必要なら、俺も付き添います」

「水子供養、ですか。当時は若すぎて、そんな知識もなかったんですよね……」

美代子さんが溢《あふ》れる涙をティッシュで拭う。声が少し落ち着いた調子になる。

「結婚して、風馬と綾菜が生まれてからは、たしかに安倍さんの仰《おつしや》る通り、あの子のことは忘れていたと思います。毎日が忙しくて。それに、生まれなかったあの子の分まで風馬と綾菜をちゃんと育てなきゃ、と思って、小さい頃から風馬たちには厳しくしていたんです。二人とも私立の中学を受けさせましたし、遊ぶ友だちも私が決めていたような感じで……二人からすれば、教育に名を借りた虐待を受けていたようなものですよね。テストの点が落ちると、三時間くらい延々と説教したこともありました」

「後悔しているなら、謝ったほうがいいです」

私は言った。美代子さんがこちらを見る。

「親が子どもに謝るなんて変だって思われるかもしれないけれど。でも、もし美代子さんがそのことを後悔しているなら、そのせいで風馬さんと綾菜さんが家に寄りつかなくなったって思っているなら、反省の気持ちを風馬さんたちに伝えてもいいと思います。すみません、子どもがこんなことに口出ししてしまって」

「いいえ、夏凛さんの言う通りです」

美代子さんはもう、泣いてなかった。

「私、向き合います。風馬と綾菜と。そして生まれなかったあの子とも」

美代子さんは目元の涙を拭い、しゃんと背筋を伸ばして言った。凛《りん》とした決意の宿った声だった。

梅雨の晴れ間の日曜日、私は清長さんと共に都内にある水子供養で有名な寺院で大垣家一同と待ち合わせた。清長さんは今日も日傘を差し、眼鏡の向こうの目は強い日差しが煩《わずら》わしそうだ。美代子さんと文雄さんは先に来ている。美代子さんは鍔《つば》の大きな麦わら帽子を被《かぶ》っていた。その帽子を貫《つらぬ》くほどの勢いで、初夏の元気いっぱいな太陽が白い光を地上に突き刺している。

「風馬さんと綾菜さんはまだですか」

「一応、風馬とは連絡が取れて、綾菜と今日ここに来る、と約束もしてあったんです。でも、今までがこんな状況でしたから、守ってくれるかどうか……」

美代子さんが、不安そうに眉根を下げる。

「美代子さん、しっかりしてください」

私は、ありったけの励ましの言葉を振り絞って美代子さんを元気づける。

「たしかに美代子さんは、風馬さんと綾菜さんへの接し方を間違えていたかもしれない。そのせいで二人は辛《つら》い思いをしたかもしれない。でも美代子さんの愛情が、二人にまったく伝わっていないとは私は思わないんです。だからきっと、今日も来てくれるはずです」

「ありがとう、夏凛さん」

美代子さんが、ほろっと口元をほころばせた。

「お、来たぞ」

文雄さんが言う。車椅子に座った文雄さんも、今日は落ち着いたデザインの男ものの帽子を被って、熱中症対策をしている。

初めて見た風馬さんは、IT企業の社長という肩書きにふさわしく、黒い髪をところどころ金色に染めた、おしゃれな今時の若者って感じの人だった。身に着けているシャツが、いかにも高そうなブランドものだ。妹の綾菜さんも、ほんと、キャバ嬢だと誰もが納得する派手な容姿をしている。ホルターネックのワンピースは胸の谷間を強調するデザインなので、女の私ですら目のやり場に困ってしまう。

「どうしたんだよ、いきなり」

風馬さんの声には、突然こんなところに呼び出されたことに対する困惑《こんわく》と、苛立《いらだ》ちが滲んでいた。

「どうしても来てほしいって言うから来たけど、ここ、お寺？　じゃん。こんな暑い日に呼び出して、いったい何するつもり？」

「初詣《はつもう》でもないのに家族でいきなりお参りって意味わかんない」

と、綾菜さんも同調する。美代子さんが姿勢を正す。眉はもう下がっていない。

「お母さんね、実は風馬と綾菜に、ずっと隠していたことがあるの」

「何？」

　風馬さんが、怪訝そうな声を出す。美代子さんと文雄さんが一瞬顔を見合わせ、その後美代子さんが風馬さんたちに向き直る。

「お母さんね、十六の時、妊娠した子どもを堕ろしたの」

　風馬さんと綾菜さんは、ぽかんとしていた。突然降って湧いたようなその事実が衝撃的過ぎて、思考が追いついていかない。そんな顔をしていた。

「だから、うちの子どもは、風馬と綾菜だけじゃないの。このこと、ちゃんと風馬と綾菜にも知ってほしくて。うちには、風馬と綾菜の上に、生まれなかったお兄ちゃんがいたのよ」

「嘘、でしょ」

　綾菜さんがわずかに唇を震わせながら言う。相当、動揺しているんだろう。

「お母さん、中学生の時私に言ったじゃない。結婚するまで、そういうことはしちゃ駄目だって。あたし、そう言われるのが嫌で、反抗して、逆に誰とでも寝るような子になっちゃったけど」

「綾菜には、私と同じ失敗をしてほしくなかったの」

綾菜さんが黙る。ようやく、美代子さんの言葉が届いたらしい。衝撃的な真実を、受け入れられたんだ。

「よく、男は自分の子が生まれた瞬間から父親になるって言うけれど、女は妊娠した瞬間から母親になるの。だから自分の一部である子どもを自分の手で……って、とても辛いことなの。だからね、綾菜」

美代子さんは綾菜さんにまっすぐ語りかける。綾菜さんは濃いメイクで彩《いろど》った目で美代子さんを見ている。

「あなたはもう大人なんだから、どんな仕事をしてもいいと思っている。あなたの人生なんだから。でも、後で罪悪感を抱えたり、後悔するようなことはやめてね。綾菜には、幸せになってほしいわ。もちろん風馬にも」

風馬さんのほうを見てそう言うと、風馬さんは照れ臭《くさ》いのか、ちょっと頬を赤らめた。

「二人には、謝らなきゃいけないわ。あの子の分まで、風馬と綾菜を立派に育てなきゃって、あなたたちが小さい頃、ずいぶん厳しくしてしまった。勉強に関しても口うるさく言ってきたし、受験する学校も私が決めちゃって……親がそんなんじゃ、子どもが親から離れていくのは当たり前よね。今まであの家の中で、本当に苦しい思いをさせてきたと思う。ごめんなさい」

「いいよ、謝らなくて」

風馬さんの声は固いけれど、どこか包み込むような温かさがあった。

「謝られたら、自分のこれまでの人生否定されたみたいになるから。母さんが、俺と綾菜に辛い思いをさせて、そのことを後悔してる、その気持ちはもう伝わったから、大丈夫。でもそれって全部、過ぎたことじゃん。過去より、前を向こうよ」

「あたしは、第一志望も第二志望も落ちてヒステリックに怒鳴られたこと、一生忘れられないと思う」

綾菜さんが言った。綾菜さんの声も固いけれど、その目はちゃんと、母である美代子さんを捉え、向き合っている。

「入学してからも事あるごとに言われたよね、もっと勉強させてれば第一志望に入れた、こんな底辺私立中学じゃ恥ずかしいだのなんだのって。あたしは学校生活が楽しかったから不満はないのに、そんなこと言われるの、ほんと嫌だったよ。でもね」

綾菜さんが言葉を切った。境内《けいだい》に立つ木の梢《こずえ》を、湿った風が通り抜けていき、葉擦《はず》れの音がする。

「そんなふうに謝られちゃったら、許すしかないんだ。多感な時期に受けた心の傷は一生消えないけれど、あたしのお母さんは、お母さんだけだし。あたしも、いっぱい心配かけちゃったよね、ほんとごめん」

「いいのよ、綾菜。子どもの心配をするのって、子育ての醍醐味《だいごみ》なんだから」

そう言う美代子さんは、本当はもう心配していないという調子で微笑んでみせる。

「ていうか、さっきから不思議に思ってたんだけど。その眼鏡の男の人と、その若い女の子、誰？」

風馬さんが不思議そうに言うので美代子さんが一連の流れを説明し、清長さんがそれを補足するように座敷童と化した水子について語ると、風馬さんも綾菜さんも驚いていた。

「信じられないかもしれないが、この俺ですら、この目で見たんだぞ。あれはたぶん、男の子だろうな。これまで幽霊だの妖怪だの、一切信じてこなかったが、見える時は見えるものなんだなぁ」

文雄さんが、ちょっと鼻高々に言った。座敷童を見た、というのが自慢らしい。もともと幽霊も妖怪もまったく信じてなかった人だから、子どもたちにそう言いたくなる気持ちもわかる。

その後、寺院で家族四人で水子供養をして、その後私と清長さんも入れて、六人でお昼ご飯を食べることになった。レストランまで歩く間、風馬さんが言った。

「俺、今の仕事結構忙しいけれど、これからはなるべく家に帰るようにする」

風馬さんの声には決意が込められていた。みんなが少しずつ違うリズムで歩く靴音が重なる。

「父さんがここまでひどい状態になってるなんて、知らなかったし。車椅子生活だと、介護が必要なこともあるだろう？　俺も仕事をセーブして、なるべくサポートする」

「ありがとう、風馬」

「お母さん、あたしもやるよ」

お兄ちゃんに負けてたまるか、という勢いで綾菜さんが言う。その口調は力強い意志に満ちていた。

「実はこれから、介護の道に進みたいって考えてたところだったし。いつまでもキャバ嬢やってるわけにもいかないしね。お父さんで、介護の練習しとく」

「ありがとう、綾菜……」

美代子さんがそっと、目頭《めがしら》を手で押さえる。

苦い涙を、この人はずっと流し続けてきた。

十六歳で子どもを堕ろして、結婚してからは毎日が忙しくて、文雄さんは亭主関白で、子どものお受験にきりきり神経を尖《とが》らせて、今は仕事と介護と病気で疲れきってしまって。

でもこれからは、こんな甘い味の嬉しい涙もたくさん流せるだろう。

座敷童になった水子は、もういない。

清長さんから、風水対策だって教えてもらったし。

「俺も、変わらないといけないのかもな」

美代子さんに車椅子を押されながら、文雄さんが言う。

「女は結婚したら家を守る、その価値観で生きてきたから。結婚してからは、自分でやれることもしなくなってしまって。でも、こんな身体になって、たとえばトイレに行く、ただそれだけのことでも人の手を借りないといけなくなった。それが、すごく情けなく感じてた。これからはもっと、美代子に感謝できる夫になれるように、変わりたいな。できるかな」

「できますよ」

文雄さんの目は、最初に会った時よりもずっと優しくなっていた。険《けわ》しいほどの頑固さが取れて、妻と子どもを思う父親の温かさが感じられる。

清長さんが力強い口調で言う。

「いくつになったって、人間は成長できるんです。変わりたいという気持ち、それさえあれば」

「なるほどな」

車椅子を押されながら、文雄さんがぽつんと呟《つぶや》いた。

「いつもありがとうな、美代子」

美代子さんが、額に汗を浮かべ、車椅子を押しながら答える。

「私こそ、いつもありがとう。あなた」

やっと心が通じ合った二人を、微笑ましそうに風馬さんと綾菜さんが見つめている。

道路に沿って植えられたタチアオイが真っ赤な花を広げている六月の暑いその日、大垣家はこの世でいちばん幸せな家族のひとつだった。

# 「陰陽五行説」からひもとく、人名にこめられたその人の運について

陰陽五行説とは、地球上全ての存在が陰陽で成り立っているという考え方です。
陽＝太陽　昼　男性　動的なもの　明るさ　奇数など
陰＝月　夜　女性　静寂　暗闇　大地　偶数など

人の身体も、動脈、静脈、交感神経、副交感神経といった陰陽の絶妙なバランスで生命が成り立っており、どちらが良いという捉え方ではなく、両方とも存在し調和を保っているという考えです。
五行とは、木・火・土・金・水の５つの要素を表すもので、おおもとは太陽系の惑星のエネルギーを捉えたものであると言われています。陰陽五行は中医学、漢方、薬膳、鍼灸などの原点であり、五感、五体、五味、五色、五臓、五音など人体を構成する臓器や各器官の働きも表しています。

そして人名においては、人体や生命を表すことができる鑑定術として、生命判断つまり「姓名判断」というものが存在しており、人の名前に隠された性質や可能性を陰陽五行で分析することが出来ます。
多くの姓名判断は画数の良し悪しに注目しますが、この物語の中で使用した姓名判断では、漢字の成り立ちや陰陽五行を重視して、相談者の傾向を見抜いています。

五行に存在する五音＝木・E音　火・G音　土・C音　金・D音　水・A音
名前の漢字は音読みに変換して、五行にあてはめていきます(木・カ行、火・タ行ナ行ラ行、土・ア行ヤ行ワ行、金・サ行、水・ハ行マ行)。

# 第三話　群れるがしゃ髑髏

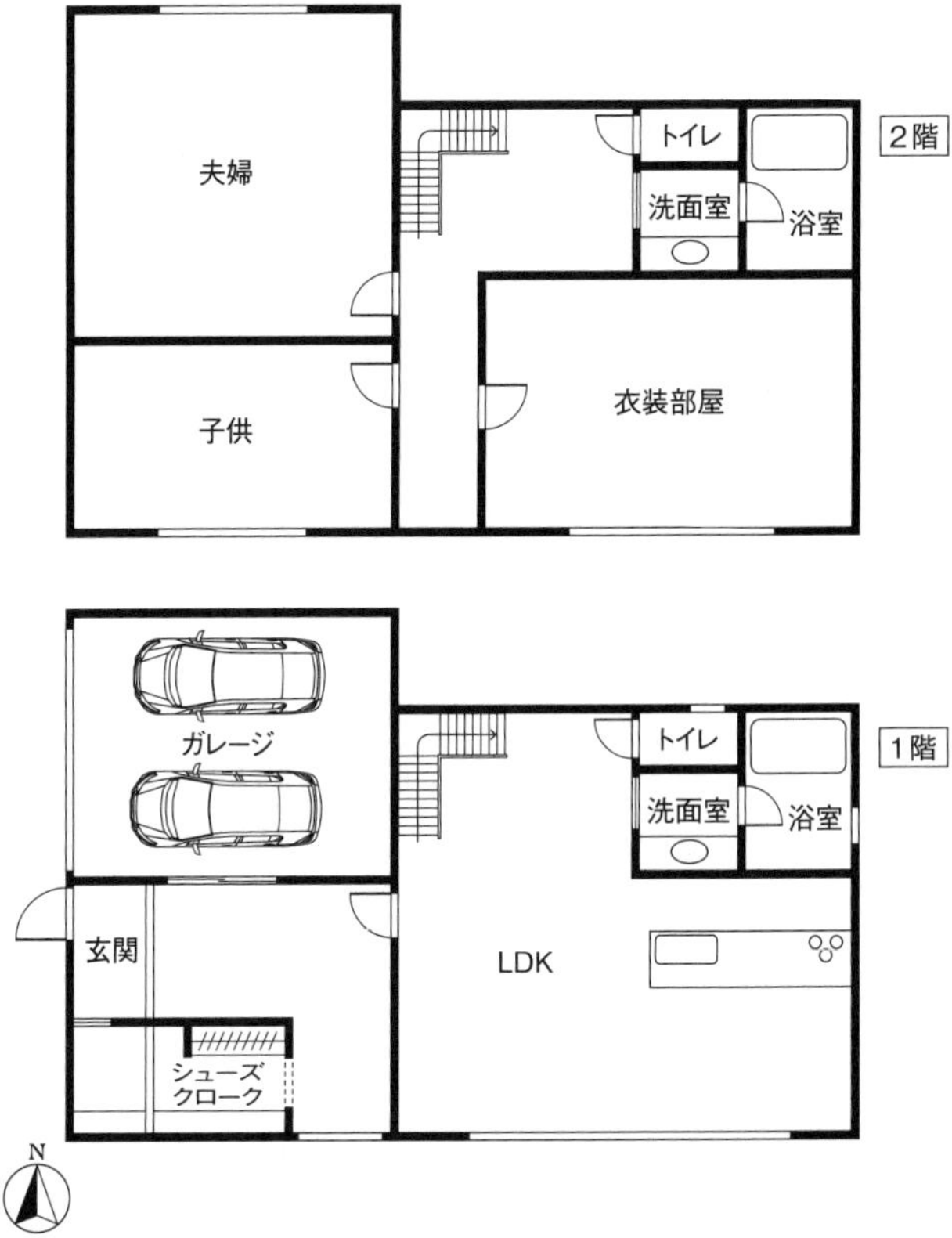

七月に入ってから、早くも梅雨《つゆ》が終わりかけ、晴れる日も多くなってきた。夏の日差しは白っぽく、きんきん、いやぎんぎんといわんばかりの光量で世界を覆《おお》い尽くす。

太陽の光が苦手な清長《きよなが》さんは、事務所を訪れる度《たび》、だるそうな顔をしていた。相変わらず部屋の中の電気は消しっぱなし、カーテンも閉め切ったままで、買い物も私と香耶子《かやこ》が帰ってから、夜に済ましているみたいだった。清長さんにとって、夏はできれば来てほしくない季節なのだろう。

私のほうは、ひとり暮らしにもすっかり慣れた。料理のレパートリーも増え、掃除洗濯もお手の物。一度、香耶子を招いてビーフシチューをご馳走《ちそう》すると、「夏凛《かりん》、今すぐにでもお嫁さんに行けそう！」と嬉しいことを言ってくれた。ママとパパからは、時々生存確認みたいに連絡が来る。二人は海を隔《へだ》てた国で楽しく仕事をしながら暮らしているらしい。この歳にして、すっかり親離れを果たしてしまったみたいだ。獅子《しし》は子どもを崖から蹴落としてその子の器量を試すというけれど、うちのママはある日子どもをほっぽり出していなくなってしまった獅子だ。

その日の朝は、スマホのアラームが鳴る前に目が覚めた。もうちょっとベッドに潜《もぐ》っていようかと思ったけれど、お腹《なか》が空《す》いた。久しぶりにトーストとコーヒーだけじゃなくて、ちゃんとした朝食を作ろうかと思って、キッチンに立つ。

卵二個とベーコンでベーコンエッグを作り、冷蔵庫の残り物のレタスとトマトでサラダ。主食はいつものトーストに、マーマレード。コーヒーを淹《い》れ、ダイニングテーブルに座って朝のニュースを観《み》ながら食べる。

『塩村《しおむら》外務大臣の更迭《こうてつ》が、昨夜発表され、ニュースは朝から容赦なく、不穏な話題を提供する。

『塩村外務大臣の更迭が、昨夜発表され、官邸では慌《あわ》ただしい朝を迎えています』――

私には関係ないけれど、大臣の一人が不祥事《ふしょうじ》を起こしたらしい。政治家って、なんで頑張って地位と名誉を獲得したのに、自《みずか》らそれを手放すようなことをしちゃうんだろう。まぁ、みんながみんなじゃないってことは、わかってるけど。ニュースを観ていると、ほとんどの政治家が悪事に手を染めているような印象を持ってしまう。

そういう人ばっかりだから、政治家という人種は信用ならない気がする。たぶん私は十八歳になっても、選挙には行かないだろう。政治に参加しない、その代わり政治に期待もしない。私は、政治に無関心な大多数の国民の一人なのだ。

『続いては、天気予報です』

ニュースが天気予報に切り替わり、外で中継するリポーターの姿を映し出した時。ベーコンエッグを切っているフォークを取り落としそうになった。

『まだ七時なのに、今の気温は二十八度！　今日も真夏日になりそうです。紫外線も強いので、しっかり対策をしてお出かけください』

笑顔でしゃべるロングヘアのきれいなリポーターのお姉さんの背後に、明らかに人ならざるものが映っている。顔のほとんどが大きな目で占められていて、古めかしい着物を着ていた。その大きな目が血走って、ぎょろぎょろとカメラを見ている。

これって、あやかし……？

慌ててチャンネルを切り替えると、今度はもうすぐ公開される映画について、主演の俳優さんにインタビューする番組だった。目元が涼しげで爽《さわ》やかなイケメン俳優が、その映画の魅力を語っている。

『脚本が素晴らしかったので、演じていて楽しかったです。主人公は僕が今までやったことのないタイプの役で、恋愛部分も切なくて、かつ気持ちが温かくなるようなエピソードがあって――』

そのイケメン俳優をにまにましながら見つめているのは、口が耳まで裂けている女の人。これはいわゆる、口裂け女ってやつじゃないのか。

「いやあああぁ!!」

びっくりした私は情けない悲鳴を上げ、朝食の片付けもそこそこに、家を飛び出してしまった。

今のって、何？　テレビ画面を通してあやかしが見えちゃうなんてこと、今までなかった。きっと、悪い夢を見ているんだ。夢じゃなきゃ、こんなことありえない。そう思って思いきりほっぺをつねるけど、痛みがきゅうっと皮膚の下から伝わってくる。夢じゃない。

夢じゃないっていうなら、これはどういうことだろう。私は、たしかにあやかしを見れる力を持ってる。でもその能力は、清長さんの術によってしっかりプロテクトされているはずだ。昨日の放課後も、清長さんの事務所に行ってしっかり霊感のプロテクトをやってもらった。昨日術をかけてもらったのに、今日になってもう術の効力が切れるなんてことは、ありえない。

考えながら最寄《もよ》り駅を目指すうち、あたりには人の姿が増えてくる。テレビ越しですらあやかしが二体も見えてしまったんだから、現実ではどれほどたくさんのあやかしに出会ってしまうだろう。そう思って、怖くて周りをまともに見ることができない。なるべく周辺を見ないようにしながら、改札をくぐった。落ち着かない気持ちで電車を待つ。やがて、アナウンスが電車の到着を告げる。

ホームに電車が滑り込んできて、ぷしゅうとドアが開く。中から現れたのは、人間たちに交ざって、キツネの顔をしたスーツ姿の人だった。いわゆる、妖狐《ようこ》ってやつ？

「いやっ！」

つい悲鳴を上げてしまった私は、傍《はた》から見るとイッちゃってる子に見えたかもしれない。

落ち着かない気持ちで電車に揺られ、学校に着くまでに、さらに三体のあやかしを見た。砂かけババアみたいな白装束《しろしようぞく》のあやかしに、頭に二本の角を生やした鬼と思われるあやかし。海外産なのか、グレムリンみたいな緑色のちっちゃなあやかしも見かけた。教室にたどり着く頃には、すっかり気力がそがれて自分の席に崩れ落ちるように座った。

「どうしたの－、夏凛。そんな、げっそりした顔しちゃって」

先に登校していたらしい香耶子が話しかけてくる。あやかしのことを話せるのは、この子しかいない。地獄で見かけた仏様のごとく、私は香耶子にすべてを打ち明ける。

「実は、今日テレビ観てたら、あやかしの姿が見えて……」

「何それ。あやかしって、公共の電波にも映り込むの？」

クッキーをぽりぽり食べながら、私の話を聞いてくれる香耶子。その姿が、リスとかの小動物を思い起こさせた。

「それだけじゃない。今日家を出てから学校に着くまでも、たくさんのあやかしが見えて……」

「うーん。でも、昨日清長さんのところに行って、霊感のプロテクト、してもらったよね？」

「そうなんだけど……」

「だったら、夏凛が今見えてるものは、あやかしじゃないいんじゃない？」

「あやかしじゃないんなら、なんなの？　顔のほとんどが目になっているのとか、口が耳まで裂けているのとか、人間の格好をしている狐《きつね》とかいたんだよ……あやかし以外の何ものでもないじゃない!!」

「わかったから夏凛、落ち着いて。ほらほら、クッキーあげるから」

頭を抱《かか》える私の口に、香耶子がクッキーを押し込む。嚙みしめると、チョコの甘さがふわっと口の中に広がる。ああ、たしかに少し落ち着くかも。

「とにかく、今日学校終わったら、清長さんのところに行ってみようよ。きっと、清長さんならなんとかしてくれるよ」

「うん……そうする……」

そう力なく私が返事したところで、始業のチャイムが鳴った。

「じゃ、また後でね、夏凛」

香耶子がそう言って自分の席に戻っていき、他の談笑していた生徒たちもそれぞれの席につく。

ドアが開いて担任が入ってきた時、肌がぞわっと粟立《あわだ》つほどの冷気を感じた。今が夏とは思えないほどの、極寒《ごくかん》の地にいるような寒さが肌の奥まで染《し》みわたる。

見ると、担任の中年教師の首にしがみつき、おそろしくきれいな髪の長い女の人が微笑を浮かべている。冷気の発生源がソレなのは、明らかだった。

「よし、出席を取るぞ」

担任が、そう言って出席簿を開いた時。

「いやぁ！　雪女までぇ!!」

限界を迎えた私はそう叫び、それきり意識を失ってしまったのだった。

保健室のベッドで目が覚めたのは、二時間目の体育が終わった頃だった。

その後もすぐ教室に戻る気にはなれず、私は午前中いっぱいを保健室で過ごした。とはいえ、いつまでもそんなことをしているわけにもいかない。お昼になって、勇気を出して教室へ戻ると、案《あん》の定《じょう》、教室の中には青春を謳歌《おうか》している高校生たちに交ざってたくさんのあやかしらしきものがいた。

「夏凛、大丈夫？　いきなりぶっ倒れちゃうんだもん、びっくりした」

なんて話しかけてくる子の肩の上には、にやにや笑ってるちっちゃな青鬼みたいなのがいた。他のクラスメイトにも、あやかしに憑《つ》かれている人が思いのほか多かった。一つ目小僧に河童《かっぱ》、一反木綿《いったんもめん》。昨日まで平和だった教室は、今やあやかしのパラダイスだ。

「一刻も早く、清長さんになんとかしてもらおうよ」

唯一頼れる香耶子の助言に従って、学校が終わるとすぐ、下北沢《しもきたざわ》を目指した。田園都市《でんえんとし》線の電車の中、つり革に摑まって揺られてる私の隣には、身長二メートルくらいの毛むくじゃらのあやかしがいた。かろうじて目と鼻がついているのが見てとれるけれど、表情がよくわからないから怖い。

事務所にたどり着き、事情を話すと早速、清長さんは長方形の紙を一枚取り出した。墨で何か文字を書き込んでいる。その字の達筆さに、ちょっと驚いた。

「これを持って、じっとしていてくれ」

私にそう言うと、清長さんは眼鏡を外した。露《あら》わになる、睫《まつ》毛《げ》の長い涼しげな瞳。数珠《じゅず》を取り出して呪文を唱え始めると、その目が赤く光りだす。それはとても、手品にもトリックにも見えなかった。本当に、清長さんの目が赤く発光していた。隣で見ている香耶子も、息を吞んでいる。

清長さんが数分ほどして呪文を唱え終わった後、その目は元通りになっていた。

「やはり……夏凛のあやかしが見える力が強まっているな。その札を見てくれ」

手の中の札は、火も点《つ》けてないのに真っ黒焦《こ》げになっていた。何かが燃えたようなきな臭《くさ》い匂いまでする。あやかしが見えた時よりもびっくりして、気がつけば清長さんに対し大声を上げていた。

「これ、どういうことですか⁉　清長さん、火なんて使ってないですよね⁉　なのにこれって、まるでガスバーナーかなんかで焼いたみたいじゃないですか‼」

「術の一種だ。夏凛の力がどの程度かを見させてもらった。どうやら、俺の除霊ではもう太刀打《たちう》ちできないだろう」

「太刀打ちできないって、そんな……」

それはつまり、私は一生このままってこと？　鬼だの口裂け女だのグレムリンだの、そんなわけのわからないあやかしたちが見える恐怖と共に、生きていかなきゃいけないの⁉

頭を抱える私の前に、清長さんが何かを差し出した。よく見ると銀色のチェーンがついていて、真ん中に紫の石が煌《きら》めいている。どこか見覚えのある輝きだった。

「これは、夏凛が最初にここに来た時に割れたアメジストだ」

「あれ……粉々になっちゃったはずじゃないですか。どうしたんですか？」

「破片の中から比較的大きいものを拾って、業者に出した。そしてこのペンダントを作ってもらった。こんな事態に備えてな」

そう言って、清長さんが私の背後に回り、首にペンダントをかけてくれる。男の人にそんなことをしてもらったのは初めてで、場違いにもちょっとドキドキした。清長さんの顔が近づいて、シルバーグレーの髪から整髪料の香りがする。まるで、彼氏から初めてのプレゼントをもらった女の子みたい。照れ臭い。

「俺の除霊なんかより、ずっとパワーが強い。これをしている間は、たいがいのあやかしは見えなくなるだろう」

「ありがとうございます……」

「どうだ、少しは落ち着いたか？」

私はこくっと頷《うなず》いて、ようやく出されたアイスコーヒーのグラスに口をつけた。

それにしても、清長さんって何者なんだろう。お札が燃えちゃうなんてすごい術は使えるし、目は光るし。あやかし退治ができるくらいだから普通の人間じゃないんだろうけど、いったいどんな経験をしたら、こんなことができるようになるのか。まったく知らされてない清長さんの過去が、ちょっと気になった。

そんなことを思いながらその姿をしげしげと見ていると、清長さんがいつものごとくクールな口調で言った。

「夏凛、今度の日曜日は空《あ》いているか」

「はい、空いてますけど……」

「依頼が来てる」

「おー、やったじゃん！」

まるで自分に依頼が来たみたいに香耶子が声を弾《はじ》けさせる。この前の大垣《おおがき》家の出来事の話、後でかいつまんで香耶子に話してあげたら、すごく喜んでたっけな。

「今度のクライアントは、人からの紹介だ。以前俺が鑑定した人の知人で、評判を聞いて依頼してきた」

「へー、清長さんが鑑定した人のお知り合いが？」

清長さんの風水鑑定は、一回十万円以上の料金を取る。その金額を払える人が知人にいるってことは、今度のクライアントもセレブの方なんだろうか。

私の心を読んだように、清長さんが言う。

「今度の依頼者は、有名人だぞ」

「有名人？　芸能人かなんかですか？」

「上川美紀子《うえかわみきこ》だ」

「誰ですか、それ」

「あ、あたし、知ってる」

香耶子がついと前のめりになる。

「政治家でしょ。お父さんが元総理大臣だった、有名な二世政治家。旦那の上川洋《ひろし》も政治家だよね」

「香耶子、よく知ってるね」

「だって、何年か前にニュースでさんざん取り上げられてたじゃん！　上川美紀子・洋夫妻の裏金疑惑！　だいぶ長いこと、不正な政治資金を受け取ってたって。ついでに、息子も大学に裏口入学させてたんでしょ？」

「そんなことがあったの!?」

「夏凛、全然ニュース観ないんだね」

呆れたように言う香耶子。私からしたら、香耶子がニュースを観ていることのほうが驚きだ。この子、あやかしとか幽霊とか宇宙人とか、その類《たぐい》にしか興味ないと思ってたのに、世の中のことにもちゃんとアンテナ張ってたなんて。

「上川美紀子は、悪い人だよー。後ろ暗いお金だって知ってて受け取って、それも十年とかそれくらいの間。風水師《ふうすいし》って大変だね。そんな人の鑑定までしなきゃいけないなんて」

「人をいい人、悪い人の二種類に分けるのは良くない」

清長さんが窘《たしな》めるような口調で言って、香耶子がはっと口をつぐむ。

「根はいい人間でもふとしたきっかけで悪い方向に進んでしまうことはあるし、その逆もある。上川美紀子の場合は、父親が高名な政治家で地盤を引き継いで、大した苦労もせずに政治家になってしまったタイプだからな。恵まれた境遇にあぐらをかいて、ついつい汚い金に手を出してしまったんだろう。それでも俺のところに依頼してきたんだから、これから改心して、人生をより良きものにしようという気持ちはあるはずだ。だったらそれに、風水師として応《こた》えてやろうじゃないか」

そう言って清長さんは、いつもの嫌な匂いのしないオリジナル煙草を取り出し、火を点けて咥《くわ》えた。

清長さんの優しい言葉を、私は頭の中でじっくり噛みしめる。

その唇から放たれた言葉が格好よくて、私はしばらく彼の横顔に見とれてしまっていた。

頭の中でさっきの清長さんの言葉がリフレインされる。

人をいい人、悪い人の二種類に分けるのは良くない。

不正な政治資金を受け取っていた上川美紀子は、それだけ聞くと悪い人だ。でも風水師である清長さんに依頼したってことは、自分を変えようって意志があるはずで。

清長さんの言う通り、人は善悪の二つじゃ単純に区別できないものなんだろう。

日曜日は、朝からよく晴れた。道端《みちばた》の紫陽花《あじさい》の花は茶色く朽《く》ち、代わりに向日葵《ひまわり》が真っ黄色の花を元気よく咲かせている。既《すで》に真夏の尖《とが》った日差しが歩く私の後頭部をじりじりと焼く。清長さん、こんな日は本当なら外に出たくないんだろうなぁ。

待ち合わせは上川家の最寄《もよ》り駅。いつもとは反対方向の電車に揺られ、車内の冷房の風に目を細める。目の前の座席では、小さな子どもが騒いでいてそれをお母さんが叱《しか》っている。その隣では、おじいちゃんが電車の動きに合わせて揺れながら眠っている。うん、どこも不審なところはない。あやかしは見えない。あの日からずっとつけているペンダントを、今日もちゃんと身に着けている。三百万のアメジストの破片は、かなりの効果があるらしい。

清長さんは先に来ていた。黒い日傘に、半袖《はんそで》Tシャツから伸びた腕を紫外線防止用のアームカバーで覆っていて、通りがかりの人たちから物珍しそうにじろじろ見られている。ただでさえ、シルバーグレーの長髪はよく目立つのだ。髪だけ見ると、どこかの前衛芸術家みたいなんだから。

「待たせてしまってすみません」

「いや、今来たところだ」

すぐ傍《そば》で、大学生ぐらいの女の子二人がぎょっとした顔で私たちを見て、それからこそこそ何やら言い始める。どうやら、これからデートするカップルに思われたらしい。たしかに、私と清長さんって異様な組み合わせだもんね。

「上川さんの家って、ここから近いんですか？」

「徒歩だと二十分かかるそうだから、バスを使うぞ。高台の上にある」

バスターミナルで、清長さんは額《ひたい》から流れる汗を拭《ふ》きつつ、しんどそうな顔をしていた。強烈な夏の太陽の光が、よっぽど身体に障《さわ》るらしい。

「清長さん、太陽が苦手なのは、昔からなんですか？」

あんまりプライベートに踏み込むのもよくないなとは思いつつ、気になったので訊《き》いてみた。清長さんがこくりと頷《うなず》く。

「生まれつきだ。保育園の頃から、プールの時間に気分が悪くなってぶっ倒れてた」

「それ、大変じゃないですか！　病院には行ったんですか？」

「いや、この症状で医者にかかったことは一度もない」

「どうして、原因がわかれば、なんとかなるんじゃ……」

「原因ならわかってる。医学の力で、なんとかなるものじゃない」

きっぱりとした口調で言う清長さんに、それ以上何も口に出せなかった。

清長さんにはもしかしたら呪いとか、その類のものがかけられているのかもしれない。風水師をやってるのだって、きっと何か深い事情があるんだ。簡単に人に言えることじゃないのかもしれないけれど、何も教えてくれないのはちょっと辛《つら》い。

教えてくれたら、私だって清長さんの力になれるかもしれないのに。

バスに乗って停留所を五つ過ぎたところで、清長さんが降車ボタンを押した。降りたところは、高級住宅街のど真ん中。いかにもセレブの方々が住んでいそうな、立派な家ばかりが並んでいる。夏のいちばん暑い時間だからか、あたりに人気《ひとけ》はない。

「ここからすぐだ。行こう」

清長さんが歩き始めて、私は慌ててその後を追う。歩く道は急な坂になっていて、暑い上にすぐに脚が疲れて息が切れてきた。清長さんもしんどそうにハンカチで額に浮いた汗を拭《ぬぐ》う。

上川家は高級住宅街のど真ん中、高台のてっぺんにあった。ガレージに黒塗りのベンツと、赤いレクサスが停《と》まっている。私でも知ってる高級車だ。不正疑惑でいろいろあったとはいえ、お金持ちには変わりない。清長さんが早速羅盤《らばん》を取り出して、方位を調べている。

「うん。北西が大きく欠けているな」

「北西欠けって、良くないんですか？」

「地位や名誉、お金、健康。そういう運がどんどん悪くなっていく良くない家相《かそう》だ。北西がガレージになってるから、北西は家の外と見なし、北西の力が足りてないと見る」

「なるほど……」

玄関に回り込むと、清長さんが顔をしかめた。

「どうしたんですか？」

「これを見てくれ」

清長さんが指差す先に、黒く濁った水が溜まった大きな鉢があった。そこから生臭《なまぐさ》い匂いがして、つい、ううっと鼻を覆ってしまう。

「な、なんですかこれ!?　あ、メダカ!?」

「おそらく、ここでメダカを飼ってるんだろうな。でもここは西だ。西に溜まり水。しかもこの様子だと、ろくに世話をせず、ずっと水を換えていないな」

「メダカが可哀相ですね……」

「それだけじゃない。西にこんなものを置いておいたら、お金や喜び事など、西のエネルギーがどんどん弱くなってしまう。現に、例の問題をニュースでさんざん取り上げられて、夫婦そろって選挙に落ちたしな。今はお金に困っているだろう」

さすが清長さん。依頼者の家の問題点を、素早く見つけていく。彼のすらっと長くて白い指が、インターホンを押した。まもなく、女性の声が聞こえてくる。

『はい』

「二時にお約束しています、安倍《あべ》清長です」

ちょっと間《ま》があって、声が返ってきた。

『お待ちしておりました。今お通しします』

まもなく玄関のドアが開いて、上川美紀子さんが現れた。

顔を見ると、たしかに見覚えがある。ニュースをまともに観ない私でも、テレビで知っているんだろう。まごうことなき本物である目の前の上川美紀子は、お客様を迎えるために余所《よそ》行きなのか、オレンジ色の華やかなサンドレスらしきものを纏《まと》っていた。もう五十代くらいのはずなのに、そんな服装がしっくりくる、大物のオーラが溢《あふ》れている。

「本日はよろしくお願いします」

「よろしくお願いします！　安倍清長さんの助手の、真鍋《まなべ》夏凛です！」

清長さんの隣で頭を下げると、美紀子さんがルージュに彩《いろど》られた唇で微笑んだ。

「ずいぶん、若い助手さんを雇っていらっしゃるんですね」

「ちょっと、いろいろありまして」

清長さんが濁す。いくら風水を信じて依頼してきてる人だからって、猫股《ねこまた》だの、三百万のアメジストだの、いきなり正直に話すのもちょっと面倒臭い。

「外は暑かったでしょう。冷たいミントティーを用意しております。中にお入りください」

美紀子さんから勧《すす》められたのは、高そうなふかふかのスリッパだった。

上川家は、一見すると典型的なセレブの家、という感じだった。玄関には高そうな置物が鎮座していて、壁には絵が飾られている。レプリカだとしても、結構するだろう。いちばん私を驚かせたのは、リビングだった。うちのリビングの十倍以上の広さがあって、応接スペースらしく、豪華なソファセットがある。大きな窓からは、さすが高台に建つだけあって、街が一望できた。

「わぁ！　清長さん、東京タワーが見えますよ！」

「夜は夜景がきれいそうだな」

「そう、夜はきれいなんですよ。自慢のリビングなんです」

そう言って、ソファセットのテーブルに美紀子さんがミントティーを置く。淡いグリーンのお茶が入っているティーカップも高級そうだ。

「自慢のリビングにいきなりこんなケチをつけるのは失礼だとは重々承知で言いますが、東京タワーが望めるのは玄空飛星《げんくうひせい》風水で見た場合、この家に限ってはあまり良くないです」

清長さんがそう言うと、美紀子さんが少しだけ頬をひきつらせた。

「えー、清長さん、何言ってるんですか！　こんなに見晴らしが良くて、日当たりも良くて！　風水が悪いわけ、ないじゃないですか」

「そう思うだろう？　でも東京タワーが見えるのは、この家の場合はあまり良くない。不正が発覚したり、裁判沙汰《ざた》になったりしやすいんだ。しかもこの窓からはお墓も見えているから、これによって何らかの刺激を受け、家の中にあやかしを呼び込んでしまう」

そう言われてもう一度よく窓の外を見てみると、たしかに墓地も見えた。美紀子さんが顔を曇らせる。

「政治資金の不正のことは、すごく反省しているんです。最初は、ばれないから大丈夫だろう、って軽い気持ちで。次からは罪悪感もなくなって……今思えば、国民の皆様の信頼を裏切ってしまう、ひどい行いでした」

本当に反省しているんだろう、少し声が震えている。清長さんはそんな美紀子さんの姿を、眼鏡の奥の目からじっと見ていた。

「続けて訊いてしまいますが、家族の中に体調の悪い人はいませんか？　既に、この家の問題点が見えているんです。家族の健康が損《そこ》なわれやすい家だと」

「主人がヘルニアを患《わずら》っていて腰痛がひどくて、病院に通っているんですがなかなか良くならないのと……あと先日、私にも脳腫瘍《のうしゅよう》が見つかりました」

「脳腫瘍って、頭の癌《がん》ですよね!?　大丈夫なんですか!?」

びっくりして、つい声が大きくなってしまった。美紀子さんが無理して作った笑顔で言う。

「幸い発見が早くて、手術をすれば問題ないとのことなので……ですが、夫婦そろって選挙に落ちて、体調も悪くて……友人に相談したら、清長さんのことを教えてもらったんです。もしかしたら、家に問題があるのかもしれないし、プロの方に診《み》てもらったほうがいいのではないかと」

「それは正しい判断です。家相に問題があると告げるとたいがいの方は落ち込みますが、風水でちゃんと対策もできるので」

清長さんの言葉に、美紀子さんの目尻がちょっと細くなった。

「今この家に住まわれているのは、美紀子さんとご主人だけですか?」

「いえ、あと一人、長男がいます」

政治資金の不正問題が取り上げられた時に一緒に世間に暴かれた、大学に裏口入学させた長男のことだろう。私の考えていることがなんとなく伝わってしまったのか、美紀子さんは自分から話してくれた。

「あの子は、子どもの頃は親の言うことをなんでもよく聞く、いい子だったんです。ちょっとおとなしすぎるところはありますが、あまりわがままも言わない子で。小学校から高校までは私立に入れたんですが、大学受験では本人の希望しているところには受かりそうになかったので……つい、お金で解決してしまったんです。今から思えば、浅はかでした」

「ご長男さんは、今は何をやられてるんですか？」

清長さんがそう言うと、美紀子さんが途端に表情を暗くした。

「大学卒業後、私のツテがある会社に入れたんです。本人も就職活動をしていたんですが、上手《うま》くいかなくて……若いうちには社会で揉《も》まれて、いずれ私たちの地盤を継いでもらうつもりでした。でも五年前から会社を休みがちになり、いつのまにか辞《や》めてしまって、それから再就職もせずに引きこもりになって……恥ずかしいことですが」

政治資金の不正問題以上に、言いたくないことだったのだろう。声がもごもごと小さくなっていた。清長さんがきっぱり言う。

「いくら引きこもりだからって、恥ずかしいことだなんて他人に言うものじゃないです。自分のお子さんのことでしょう。お子さんを否定するようなことを、親が言ってはいけません」

美紀子さんがはっと顔を上げた。清長さんが少し口調を和《やわ》らげる。

「ご長男さんだって、引きこもりになってしまった自分のことを良くは思っていないはずです。ずっと、家に引きこもりきりじゃいけないってこともわかっているでしょう。引きこもりから脱出したいけれど、どうしたらいいのかわからないのかもしれない。親として、ご長男さんのことをちゃんと応援してあげてください。引きこもりだから恥ずかしいなんて、そんな気持ちがあるうちは、ご長男さんもお母さんのことを信じられませんよ」

「本当に……その通りですね……」

美紀子さんが疲れたような笑顔を見せた。そして、さらに声を潜《ひそ》めて言う。

「でもあの子、引きこもりになってしまってから、ちょっとおかしいんです」

「具体的に、どうおかしいんですか？」

次の言葉を発していいのかどうか、迷っているような間《ま》があった。

「なんか、性格が変わってしまったというか……あんなに親の言うことをよく聞くいい子だったのに、明らかに性格が粗暴になっているんです。トイレとお風呂の時しか部屋を出ませんし、食事も私たちと一緒に食べないので顔を合わすことはあまりないんですが、ちょっとでも顔を合わす度こちらを睨《にら》んでくるし、発する言葉も乱暴で……引きこもり生活が長くて、精神に異常をきたしているのではないかと心配なんです。こんな状態で、社会復帰できるのかと……」

「引きこもり生活のせいで精神的におかしくなっている可能性もありますが、その他の原因も探ってみないといけませんね」

清長さんがブリーフケースの中から、紙とペンを取り出して美紀子さんの前に置いた。

「ここに美紀子さんとご主人と、ご長男さんの名前と生年月日を書いてください。あと、この家が建った年も」

「わかりました」

美紀子さんが、紙にペンを走らせる。

上川　美紀子（うえかわ　みきこ）　1967年7月20日生まれ
上川　洋（うえかわ　ひろし）　1965年2月26日生まれ
上川　誠（うえかわ　まこと）　1993年9月9日生まれ
二〇〇五年築

「主人は、婿《むこ》養子なんです」

書き終わった後、美紀子さんが言った。

「お見合い婚というか、いわゆる政略結婚みたいなもので……父が決めた相手でした。父にその話をされた時は若かったので抵抗感がありましたが、いざ結婚してみると相性も良く、上手くいきました。一人ですが、子どもにも恵まれましたし。この家は、父から相続した土地に建てたんです」

「二〇〇五年築、ですか……第八運に建てられてますね」

「第八運？」

清長さんが、先生の顔になって私を見る。

「いい機会だから、覚えておけ。玄空飛星風水では、二十年おきに星の位置が変わる。一九六四年から一九八三年までが第六運、一九八四年から二〇〇三年までが第七運、二〇〇四年から二〇二三年までが第八運。だから、家を建てた年が鑑定に必要になるんだ」

「へー……」

「さっそく、一階から見させてもらいますね」

羅盤を持って、清長さんがソファから立ち上がる。

清長さんは紙に上川家の間取りを書いていった。定規も使ってないのに、ほとんど正確な直線が引かれていく。鑑定に慣れている、プロの手つきだった。

「南西にも欠けがあって、東側に水回りが集中していますね。東にキッチン、北東にトイレ、バスルーム……ちょっと、トイレとバスルームを見させていただいてもよろしいですか」

「はい」

清長さんがトイレのドアを開ける。マットが高級そうなものを使っている他は、特になんのへんてつもないトイレだったけど清長さんが眉根を寄せる。

「このトイレは……蓋《ふた》はずっと開けっぱなしなんですか？」

「そうですね、使用後は基本的に開けたままですけれど……良くないんですか？」

「風水的に良くないですが、それ以上に鬼門《きもん》の線上に、タンクがあるのが問題です」

「鬼門って、北東のことですよね？」

私が言うと、清長さんが頷く。

「そうだ、北東が表鬼門、南西が裏鬼門。鬼門というのは、中国の風水にはない、日本だけの概念《がいねん》なんだ。なんでだかわかるか？」

「ちょっと、わかりません……」

「世界地図を思い浮かべてほしい。中国と日本の地形で、違うところはあるか？」

「ええと、中国は大きくて丸っこい形をしているけれど、日本は北東と南西に長い……ですか？」

「その通りだ」

清長さんが上川家の間取り図を書いた紙の、鬼門上に線を引く。

「中国と違って、日本は北東と南西のエネルギーが強いんだ。地形上の問題でな。だから、日本で風水を見る時は鬼門に注意が必要な場合がある」

「そうなんですね」

「鬼門をやたらめったら恐れることはない。でもこのトイレは鬼門の線上にタンクがあって、しかも蓋がずっと開けっぱなしだ。これでは、鬼門が持っている陽《よう》のエネルギーが腐ってしまい、その腐敗したエネルギーが家じゅうに広がってしまう」

「腐敗したエネルギー、ですか……」

美紀子さんがすっかり顔を曇らせていた。

続いてバスルームだ。うちのバスルームの二倍以上ある広い浴槽に、なみなみとお湯が溜まっている。身体を洗うスペースも、一般家庭のものと比べるとずっと広々としていた。

「このバスルームは、ずっとお湯を溜めっぱなしなんですか？」

清長さんが美紀子さんに訊いて、美紀子さんが頷いた。

「追い焚《だ》き機能がついているので、二十四時間入れますから、こうしてあるんです。お湯を抜くのは週に一度くらいですね」

「そうですか……夏凜、ペンダントをちょっと外してみてくれ」

「え？」

思わぬ言葉に戸惑《とまど》っていると、清長さんがじっと私を見つめ、有無を言わせない口調で重ねてくる。

「いいから、外すんだ」

「はい……」

躊躇《ためら》いながらペンダントを外した。途端、バスルームの中が違う世界になる。

浴槽の中で泳いでいる、大小の鬼たち。身体を洗うスペースでも、一反木綿や砂かけババアらしきものが遊んでいた。鬼の一体と目が合って、ニヒヒ、と私に向かって笑いかけてくる。不気味な笑みに鳥肌が立った。

「きゃあああっ！」

思わず声を上げ、慌ててペンダントをつけると、あやかしたちの姿は消えていた。私はふー、ふーと深呼吸を繰り返す。

「どうしたんですか、何が見えたんですか」

美紀子さんが訊いてくる。その声に不安が滲《にじ》んでいる。どう返せばいいか迷う。正直に、あやかしがたくさんいると言ってしまっていいものだろうか。

「なんというか、その、見えちゃいけないものがいたというか……」

「この方位にバスルームがあって、水をずっと溜めっぱなし。見たところ、ろくに掃除もされてませんね。これでは、あやかしの巣窟《そうくつ》になってしまいます。ただでさえリビングの窓からお墓が見えるため、この家はあやかしが好みやすいので」

清長さんに言われた美紀子さんは、あやかしがいると聞かされても意外と冷静だった。

「生活に余裕があった頃は、ハウスキーパーさんを二人雇っていて、掃除もきちんとやっていたんです。でもお金がなくなって解雇せざるを得なくなって、それからは水回りの掃除はあまりできていなくて……」

「大丈夫です、対処法もお伝えしますから。その前に、二階も見させてください」

清長さん、私、美紀子さん。三人で二階に上がる。二階には三つ、部屋があった。お金持ちの人が住む家らしく、二階にもバスルームとトイレがある。

「こちらが、私と主人の寝室です」

案内された寝室には、シングルベッドが二つ並んでいる。ベッドカバーもカーテンも、この家の他の家財道具と同様、高級感があった。清長さんは羅盤を持ち、間取りを紙に書き込んでいる。

「残念ながら、体調を崩しやすい方位で寝ていますね」

「ここ、北西なんです。夫婦の寝室が北西にあるのは、家相学的にはいいと聞きましたが」

「たしかに、家相ではそう言います。でもこの家の場合、玄空飛星風水の星を当てはめていった際、北西に悪い星が入ってしまうんです。一階がガレージになっていて、北西のエネルギーが足りなくなっているから尚更《なおさら》です」

「そうなんですね……」

美紀子さんが落ち込んだ声で言った。そりゃあ、せっかく建てた家が問題だらけだと知ったらそうなるだろう。寝室を出て、二階の鑑定の続きに入る。

「長男の部屋は、隣です。中を見るのは、ちょっと無理だと思いますが……」

「誠《まこと》さんの部屋は南西から西側ですね。西の子ども部屋は、遊びに気持ちが向いてしまって勉強に集中できないと家相では言います。中は、見せていただかなくても結構です」

清長さんが廊下を挟んだ別のドアに目を向けた。

「この部屋は何ですか？」

「ここは、衣裳《いしょう》部屋なんです。ご案内しますね」

部屋の中に入って、思わず息を呑んだ。部屋全体が、巨大なクローゼットになっている。ずらっとハンガーが並んで、それぞれ高そうなスーツがかけてあった。さすが政治家、大きな部屋をまるごとクローゼットにしてしまうくらい、服がいっぱいある。

「仕事上、服がたくさん必要になるので、全部この部屋に保管してあるんです」

「なるほど……わかりました」

　私たちが衣裳部屋を出たところで、ドアが開く音がした。

　見ると、男の人がこちらを睨んでいる。ずっと切っていないようなぼさぼさの髪、よれよれのスウェット。絵に描いたような引きこもりの格好だ。この人が誠さんなんだろう。

　なぜか、顔を見ただけで、ぞくっと背筋に悪寒《おかん》が走り抜けた。

「人が来るなんて聞いてねぇんだけど」

　誠さんが不機嫌そうな声を出した。美紀子さんが慌てたように言う。

「お客様よ。もうすぐ用事は済むから」

「あ、そ」

　それだけ言って、誠さんはトイレに向かう。誠さんが近づいてくると、さらに強い悪寒が背筋を襲った。

　この嫌な感じって、もしかしてあやかしの力なんじゃないのか。

「夏凛、アメジストを外せ」

　清長さんが言う。バスルームで言われた時よりも、強い口調だった。

「え、え、でも……」

「いいから外すんだ」

　仕方なく外すと、恐ろしい光景に息を呑んだ。

何十もの髑髏《どくろ》が誠さんの後頭部から背中にかけて張りついていた。大きいもの、小さいもの、白いもの、黒いもの、茶色いもの。見えている私の姿を認識して、けしゃしゃ、と口元を動かすものがある。地獄の深淵《しんえん》を覗《のぞ》き込んでしまったようなその光景に、耐えられなくなってペンダントを元通りつけた。清長さんを見ると、清長さんも眼鏡を外していた。ゆっくり眼鏡を元通りかけ、私に言う。

「完全にとり憑かれてるな」

「そうですね……」

私たちのやり取りを、美紀子さんは不安そうな顔で見ていた。

リビングに戻り、ソファに腰掛けると美紀子さんがおかわりのペパーミントティーを淹《い》れてくれる。ひと息ついた後、清長さんが鑑定結果を話し始めた。

「今から、風水的な対処方法をお話しします。この家の場合、少々大掛かりになりますが、言う通りにやればあやかしは出ていくでしょう。メモの準備は大丈夫ですか」

「はい」

美紀子さんが老眼鏡をかけ、メモを取り出す。清長さんはメモを取りやすいように、ゆっくりと話しだす。

「まず、東京タワーとお墓が丸見えのリビングの窓。ここは悪いエネルギーが入ってこないように、対策が必要です。窓側のカーテンを白やライトグレー、ゴールド、パールホワイトの色のものに替えて、日中は必ずレースのカーテンを閉めて外が見えないようにしてください。さらに、銅か真鍮《しんちゅう》で作られた、壺やオブジェをリビングに飾ってください」

美紀子さんは一心不乱にメモを取っている。美紀子さんからすれば、自分と夫の政治生命と健康、誠さんの将来がかかっているんだ。真剣に鑑定と向き合っているのが眼差《なまざ》しから伝わる。

「そしてバスルームとトイレ。バスルームは追い焚き機能は便利だと思いますが、水を溜めっぱなしは良くありません。毎日水を抜いて、使う時だけお湯を張って、きれいに掃除してください。トイレはタンクの上に、竹炭を置きましょう。これを使ってください。あと、これはヒマラヤの岩塩なのですが、これもトイレに置いてください」

「ありがとうございます」

清長さんから渡された竹炭と岩塩を、美紀子さんが受け取る。さらに清長さんの「風水処方箋《しょほうせん》」は続く。

「あと、あやかし対策として、トイレとリビングの南と東南の角に、一週間に一度、白檀《びゃくだん》の香りのお線香を焚《た》きましょう。家にあやかしが入ってきても、出ていってくれるはずです。そして玄関のところにある水鉢。あれは、メダカを飼っているんですか？」

「はい、誠の趣味で……本人が飼い始めたのはいいのですがほったらかしで、最近は私がエサをやっています」

「この家の場合、西の方位に濁った水があると、金運に響きます。この水鉢はポンプを入れて循環させるようにして、メダカを飼ってください。これで、金運や仕事運を上げる水になります」

なるほど、と私も頭の中にメモを取る。汚い水って金運を下げるけれど、きれいな水にして動きを持たせれば、運を上げてくれるんだ。うちの場合はどこに置いたらいいか、今度清長さんに訊いてみようかな。

「そして、ご夫婦の寝室の位置。これも問題があるので、ちょっと大変ですが、場所を交換して、衣裳部屋がある東南の部屋を寝室にしてください。服は全部、今寝ている部屋に持っていきましょう。ベッドの向きは東枕にして、インテリアは赤のシェードランプやラグマットを使います。あと、これはさらに大掛かりな風水対策になるのですが」

清長さんが少し間を置いて言った。

「北西のガレージを改装して、床を張って倉庫にしてほしいんです。車を置く場所は、近所の月極《つきぎめ》駐車場などを利用してください。ちょっと大変ですが、やれそうですか」

「主人に相談してみます」

美紀子さんの声には、力があった。どんなに大変なことでも、自分たちのためにやれることはやろうと、決意の感じられる声だった。

「是非検討してください。北西の欠けがなくなれば、政治活動も上手くいくでしょう」

風水対策をすべて聞き終わると、美紀子さんは少し安堵《あんど》したような顔をしていた。悪いことを言われても、ではどうすればいいのか、具体的な方法がわかれば前向きになれる。対処法を教えてくれない占いと違って、風水のいいところだ。

「あと、これは風水対策とは別でやらなくてはいけないことなのですが」

清長さんが少し身を乗り出し、美紀子さんがきゅっと眉根を寄せる。

「率直に言うと、誠さんはあやかしにとり憑かれています。それも、かなり強力な。性格が変わったと仰《おっしゃ》っていましたが、あやかしの影響もあるでしょう。あのあやかしを祓《はら》わない限り、社会復帰は難しいと思います」

「それは、どうすればいいんでしょうか……」

美紀子さんの声は冷静だったけれど、顔からは先ほど見られた安堵の色がみるみるうちに引いていった。自分の息子があやかしに憑かれていると聞いて、不安にならない親はいないだろう。

「一週間後に改めて、誠さんのあやかしを祓いに来ます。今日は誠さんに憑いているあやかしがどれくらいの力か、調べてから帰ります」

清長さんがブリーフケースの中から和紙と筆ペンを取り出し、その和紙に難しい漢字を書き込んでいく。お札の類《たぐい》なのだろう。それを誠さんの部屋のドアの上にセロテープで貼りつけた後、私と清長さんは上川家を後にした。

風水鑑定には、二時間ほどかかった。暑さのピークは越したけど、西に傾きかけた太陽がぎらぎらと熱を地上にばらまいている。バス停に向かって歩きながら、隣の清長さんに訊いた。

「あの、誠さんに憑いてるあやかしって、なんなんですか？　いっぱい髑髏がいて……私、あんなの見たことないんですけど」

「あれはおそらく、がしゃ髑髏だ」

「がしゃ髑髏？」

あやかしマニアの香耶子からも、そんな名前は聞いたことはない。マイナーなあやかしなんだろうか。

「がしゃ髑髏という名前が広まったのは、戦後だ。戦時中に無念の死を遂《と》げた者の魂が群れになり、あやかしと化したものだ。名がついた時期こそ新しいけれど、古い日本の絵巻などにも似たようなものが描かれているから、昔からいたんだろうな」

「それって……あやかしなのに、元は人間ってことですよね？」

「だからこそ、厄介だ」

清長さんが顔をしかめて言った。

「とり憑かれたのはあの家からお墓が見えることもあるし、誠さんが働いていた頃、出張などで激しい戦いが行われた場所に行ったことがあって、それが原因かもしれない。いずれにせよ、夏凛の家に現れた猫股や、この前の座敷童《ざしきわらし》より、厄介なあやかしだと思っていい。死者の未練が、怨念に変わったあやかしだからな」

「そんなすごいあやかしを祓うなんて、本当にできるんですか？」

口に出してしまって、失礼な言葉だったと後悔する。清長さんは風水師として凄腕《すごうで》だし、あやかし退治に関してもプロだ。そんな人に対して言うことじゃない。けれど、私の中に生まれた不安はすぐにぐるぐる渦巻いて、そのままにしておくことはできない。

「失礼なこと言ってしまってごめんなさい……でも、心配なんです。清長さんの身に、もしものことが起きたらって。あやかしを祓おうとして、万が一清長さんに何かあったらって考えたら、私」

「大丈夫だ」

清長さんは、私に向かって微笑んでいた。あまり愛想がなく、クールな印象のこの人が時折見せる、こんな穏やかな表情は私の胸をきゅっと甘くつねる。

「今まで危険な目に遭ったことがないわけじゃないが、それでもなんとか生きている。一人でも大丈夫だったんだし、今では夏凛が俺の傍にいてくれる。夏凛が隣にいるうちは、俺は簡単にはくたばらない」

「なんですか、それ……」

それって、私を信頼しているってことだろうか。

私なんて、ちょっとあやかしが見える力があるだけの、他はいたって平凡なただの女子高生なのに。

それでも私を信頼してくれる清長さんの言葉が嬉しくて、頬が内側からじんじんと火照《ほて》った。


一週間後、再び上川家を訪れた時、ガレージには車がなかった。代わりに、工事現場でよく見られるカラーコーンがいくつか置かれている。

「これって……」

「車をよそに移動したらしいな。工事の準備をしているんだ。さっそく、風水対策を実践《じっせん》しようとしているみたいだな」

美紀子さんは清長さんの風水アドバイスを元に、変わろうとしているのだろう。心の底から変わりたいと思っているのだろう。そのガレージの様子に、美紀子さんの心配ごとである、誠さんに憑いたあやかしをなんとかしなきゃ、と決意を新たに手をぎゅっと握りしめた。なんとかするも何も、私は清長さんがやることを黙って見ているだけなんだけど。

「お待ちしておりました」

出迎えた美紀子さんは、今日はターコイズブルーのワンピースを着ていた。やっぱりこの人は、鮮やかな色がよく似合う。今日は美紀子さんの夫である、洋さんもいた。

「この度はお世話になります」

洋さんは丁寧《ていねい》に、私と清長さんに名刺まで差し出した。上川洋、と言われてもぴんとこないけれど、目の前で見ると、たしかにどこかで見たような顔だった。たぶん美紀子さん同様、洋さんもテレビで観ている。

リビングに移動すると、カーテンが変わっていた。シルバーとパールホワイトのストライプ。棚の上に、銀のオブジェも飾ってある。

「風水対策、実行されたんですね」

出されたペパーミントティーを口にしながら私が言うと、美紀子さんが頷いた。

「言われたことは、すべてやりました。寝室も移動しましたし、来週にはガレージも工事が入ります」

「すぐに行動に移すことは大事です、ちゃんとできていて、素晴らしいですよ」

美紀子さんが頰を緩《ゆる》ませる。気持ち、一週間前よりも頰がふっくらして健康的に見える。体調も良くなったのかもしれない。

「それで、誠が変なものにとり憑かれていると妻から聞いたのですが……」

洋さんが切り出した。普通は子どもがあやかしにとり憑かれていると言われても、何をそんな縁起でもないことを、と怒るか、信じないのが普通だろう。でも誠さんの場合はあやかしのせいで性格が変わり、それを美紀子さんだけでなく洋さんも目《ま》の当たりにしている。信じに足る理由があるんだ。

「それは、そんなに危ないものなんでしょうか？　誠に何かあったらと思うと、気が気ではなくて、夜も眠れませんで」

「このまま放置しておくと危険ですね、既に人格をあやかしに乗っ取られかけているので。誠さんはそもそも、あやかしに好まれやすい体質なのではと俺は見ています。この家、東にキッチンがありますよね？　東に水回りがある家は、男の子のやる気を削《そ》いでしまいやすいんですよ」

美紀子さんがはっとしたような顔をした。

「美紀子さんからお聞きしましたが、誠さんは子どもの頃から親の言うことをよく聞くいい子だったそうですね。でも言うことをよく聞く一方で、本人からあれをしたい、これをしたいという意欲的な発言はあまりなかったんじゃないかと思うんです、家を見た限り、の話ですが」

「仰る通りです……」

美紀子さんが感じ入ったような声で言った。

「あの子は大人になってからメダカを飼いたいと言ったくらいで、それ以外は自分からあれがしたい、これをしたいと言うことがありませんでした。こちらがしなさい、と言ったことは素直にやるので、問題だと感じたことはなかったのですが……」

「今から思えば、私立の学校に入れたのもかえって良くなかったかもしれません」

洋さんが眉根をぎゅっと寄せて言った。

「この学校にすればいい、という親の意思を押しつけて、本人の気持ちを無視してしまいました。私も妻も、本人が考えて決断する前にあれこれレールを敷いてしまったと思います。育て方を間違えたのかもしれません」

「親の育て方が、子どものすべてを形作るわけではないです」

清長さんが声に力を込めた。美紀子さんと洋さんが目を瞠《みは》る。

「子どもは成長過程で、親だけでなく先生や友達やあるいは祖父母など、いろんな人の影響を受けて大きくなっていきます。親の影響は、そのほんの一部でしかない。育て方を間違えたから引きこもりになってしまった、という考えは危険だし、その言葉を誠さんが聞いたら悲しむでしょう。自分を否定されたような気持ちになるかもしれません」

「そうですね……」

美紀子さんと洋さんが頷く。その表情は、政治家の顔ではなく、どこにでもいる普通の子どもを心配する親だった。

「育て方などではどうにもならない、生まれ持った宿命のせいもありますね。生年月日から星を見たところ、誠さんは遊ぶことが大好きで、周囲との関わり次第なところがあります。お父様とお母様が政治家だということも、幼い頃は本人がどう感じていたかはわかりません。有名人の親ということが、逆にコンプレックスになっていた可能性もあります」

「そうだとしても、あの子の性格上、私には言わないでしょうね」

ため息交じりに美紀子さんが言った。

「就職してからのこともわかりませんし、あやかしを祓った後、家族での話し合いの席を設けましょう。俺も同席しますので。まずは、誠さんの部屋に案内してください」

四人でリビングを出て、階段を上る。誠さんの部屋の前に着くと、清長さんはさっそくこの前貼りつけたお札を外して、私たちに見せてくれた。

「見てください。こんなに邪気を吸っている」

三人して、息を呑んだ。

清長さんの達筆が、見る影もないほどお札全体が真っ黒だった。端っこのところなんて、そんなわけもないのに火であぶったように焦げて縮れている。洋さんが震える声で言った。

「これは……いったい何なんでしょう？」

「誠さんに憑いているあやかしの仕業《しわざ》です。この部屋に入るな、という警告です。話し合いをしたいという旨《むね》をあやかしたちに伝わるように書いたのですが、向こうから拒否してきました。これは危険ですね。危ないので、みなさんは下がっていてください」

美紀子さんと洋さんが後ずさる。私は二、三歩退いた後、いざとなったら清長さんを援護できる距離についた。清長さんは私を信頼してくれている。この人に何かあったら、私が守らなきゃいけない。何もできないかもしれないけれど、それでもなんとかしないといけないんだ。

清長さんが蠟燭《ろうそく》を取り出し、部屋の前で線香を焚く。眼鏡を外し、数珠を構え、呪文を唱え始める。やがて部屋の中から、苦しそうな声が聞こえてきた。声は唸《うな》り声から呻《うめ》きに変わり、やがて獣の咆哮《ほうこう》になる。

洋さんが心配そうに言った。

「あの、息子は大丈夫なんでしょうか」

「これ、本当にあの子の声なんですか？」

美紀子さんも心配そうだ。清長さんが二人を振り返って頷く。額には汗の玉が一粒。

「今、誠さんに憑いているあやかしに直接呼びかけています。声は誠さんの声ではなく、あやかしが発しているものです」

「でも、こんなに苦しそうじゃない！　早く中に入って、あやかしに出ていってもらってちょうだい！」

美紀子さんは涙目だ。自分の息子があやかしなんてわけのわからないものにとり憑かれて苦しんでるんだから、当然の反応だろう。清長さんが頷き、ドアをノックした。

「誠さん、入りますよ」

しかし、返事はなく、獣のような咆哮が続くばかりだ。それどころか、どんどんひどくなっていく。清長さんはなんべんもノックと呼びかけを繰り返すけれど、応答しない。ノブを回しても、鍵がかけられているのかビクともしない。

「仕方ないな」

清長さんが言って、両手をかざし、手のひらで丸を作った、

「少々手荒な真似をしてしまうが、許してほしい」

それだけ言って、手の中の丸をドアに向かってまっすぐ、すごい速さで動かした。中に込めた念を、ぶつけるように。

一瞬、白い光が見えた。光はバシン、とものすごい音を立て、誠さんの部屋のドアを衝撃で破壊した。美紀子さんと洋さんがびっくりしている。裂けたドアの隙間をすり抜けた清長さんが、部屋の中で暴れ、頭を掻きむしり、苦しんでいる誠さんに近づいていく。

それは「あやかしと交渉する術」ではなかった。むしろ「あやかしの強制駆除」に近い感じだった。清長さんがズボンのお尻のポケットから棒状のものを取り出し、一メートルくらいに伸ばす。それを思いきり、誠さんの頭に振り下ろした。

「いつまでもこの人を苦しめて楽しいか！　駄々をこねずに、さっさと行くべきところへ行け!!」

清長さんの叫びと共に、誠さんの身体から煙が噴き出す。煙の中から、人の顔が見える。どの顔も苦痛に歪《ゆが》んでいた。血を流している者、目が飛び出ている者、口から下が欠けている者。声が聴こえてくる。

『こんなところで死ぬなんて嫌だ、お母ちゃんに会いたい。お母ちゃん、お母ちゃん！』

『天皇陛下万歳！　天皇陛下万歳！　この命、お国の役に立てれば本望です』

『妻が……娘が……最後に会いたかった。あぁ、あの子たちの顔が浮かぶ……』

胸のアメジストが反応して、熱を持っていた。

聞こえてくる様々な声は、戦場で命を落とした人たちのものなんだろう。日本のために戦って、それで散ってしまった人たちの無念。

平成に生まれ、令和に生きてたら、戦争のことなんて遠すぎる。

でも私は今まさに、そのことを目の当たりにしていた。

しかしそれ以上に私が驚いたのは、清長さんの表情だった。

棒をかざす清長さんの顔が、鬼のようだった。目が三角に吊り上がり、唇が不気味な笑いの形に歪んでいる。まるで悪いあやかしをいたぶって喜んでいるような、残忍な笑みだった。そんな清長さんを見るのはもちろん初めてだ。

清長さん、いったいどうしちゃったんだろう。

茶色や黒の煙が雲散霧消《うんさんむしよう》し、死者たちの慟哭《どうこく》が聴こえなくなった。棒を下ろした清長さんの顔は、いつものクールなこの人のものだった。

美紀子さんと洋さんが誠さんに駆け寄る。私の胸のアメジストから熱が失せる。

すべてが終わった後、誠さんは糸が切れた操り人形のようにどさりと床に倒れた。

誠さんは二時間ほど、目を覚まさなかった。

ゴミ溜めと化した誠さんの部屋ではなく、リビングのソファに寝かせた。美紀子さんはこのまま目を覚まさないかと心配して、救急車を呼ぼうとしたのを洋さんと清長さんに止められていた。

やっと目を覚ました誠さんは、まず美紀子さんを見た。

「大丈夫？」

泣きながら問いかける美紀子さんに、誠さんは頷く。まだ意識がぼんやりしているのか、心ここにあらずといった調子で。

「俺……なんでここに……」

「覚えてないの⁉　あんなに叫んでたのに」

「除霊中の記憶はありません、記憶喪失などではないので心配しないでください」

お医者さんのような清長さんの口調に美紀子さんが黙る。誠さんは不思議そうに頭をぼりぼりと掻いていた。

「何？　これ、どうなってるの？　部屋にいたはずなのに。それに、オフクロ、なんで泣いてるんだ？　それにその銀髪の人と女の子はいったい」

「この前来たお客さんよ。お母さんが呼んだの。あなたのために」

美紀子さんが力強く言って、誠さんが眉根を寄せる。

「俺のためって……」

「だっていつまでも、こんな生活を続けているわけにはいかないでしょう？　お父さんもお母さんも、誠が心配なのよ。一日中部屋の中にこもりきりで、まともにご飯も食べない。こんな生活してたら、いつか身体を壊すんじゃないかって」

「誠、俺も母さんも若くない。いつまでも甘えさせるわけにはいかないんだぞ」

洋さんが父親の威厳を込めて、でもなるべく優しく、説き伏せるように言った。誠さんは困った顔をしている。

「言いたいことはわかるし、俺だって、こんな生活続けたくないよ。でも、しょうがないじゃん。俺、やりたいことがないんだもん。会社だって、しんどかったし。上司のパワハラがひどくってさ」

「なんでそれをお母さんに相談しなかったの」

美紀子さんが言った。誠さんは、少し間を置いた後答えた。

「オフクロに心配かけたくなかったから」

美紀子さんがため息をつく。彼女の言う通りだ。誠さんは本当に、優しいいい子なのだろう。

勝手な持論だけど、優しくない人は引きこもりにならないと思う。優しい人だからこそ、いろんなことを考えて、一人で悩んでしまって、社会の中で戦いながら生きることが辛くなってしまう。上手く戦いを避けて、器用に生きるのは優しい人ほど難しい。

人生に起きる困難すべてに正面からぶつかっていたら、神経が疲弊《ひへい》していく一方だから。

「誠には、本当に何もないのか。趣味とか、夢とか、目標とか」

洋さんが訊いて、誠さんが力なく答える。

「まぁ、アニメとかマンガは好きだけど、それくらい。そんなの、仕事にならないだろ。それで食えていける人間なんてたかが知れてるし、三十にもなって、夢のために頑張る気力なんてないよ。ただでさえ俺、ずっとこんな生活してたのに。もう廃人なんだから」

「好きなもののためなら、人間は頑張れるんだ」

清長さんがそう言うと、誠さんが彼のほうを見る。清長さんの眼鏡の向こうの瞳には、若者を教え諭《さと》す者の熱意が込もっていた。

「なんでも、物事をプラスに考えたらいい。お前にとって、引きこもっていた時間は無駄ではなく、財産なんだ。好きなアニメや漫画をずっと観てたんだから、アニメや漫画のことはよくわかっているだろう？　それは仕事にするために頑張る上で、アドバンテージになる。それに、夢は叶《かな》わなくても、何かが残る。たとえば漫画が好きで絵を描いて、漫画家になれなかったとしても、漫画の編集者になったり、本屋や漫画喫茶で働いたり、道はいくらでもあるんだ」

「そうよ、誠。誠が思ってるより、世界はずっと広いの」

美紀子さんが誠さんの手を握って言った。誠さんは一瞬びくっとしたけれど、すぐに驚きを引っ込めた。

「私もお父さんも政治家で、誠には小さいうちから普通の暮らしをあまりさせてあげられなかったわよね。だから誠も、いろんなことを知らないまま大人になってしまった。そういう育て方をしてしまったことはすごく後悔している。世の中にはね、いろんな仕事があるの。会社に入るだけが、すべてじゃないのよ。それ以外の生き方、働き方がたくさんある。そういうことを教えなかったのは、お母さんの責任だから誠はもう自分を責めないで。だから外に出て、自分の目で、世界を知ってちょうだい。誠ならできるわよ。なんたって、お父さんとお母さんの子どもなんだもの」

「……ありがとう」

照れ臭そうに、でも心の底から出たありがとう、に、美紀子さんがまた目を潤ませる。

洋さんは安堵したように唇を緩めた。

「正直、そこのコンビニ行くのだって怖いけどさ。やってみるよ、俺。いきなり働くのは無理かもしれないけれど、オフクロの言う通り、まずは外に出て、世界を知ってみる。俺、自立する。オフクロにも父さんにも、感謝してるから」

「ありがとう、誠」

美紀子さんが誠さんを抱きしめた。誠さんはよせよ、恥ずかしいと困ってたけれど、されるがままにしていた。洋さんが泣いている。

つられて、私も思わず泣いてしまった。隣を見ると、清長さんは笑っていた。


リビングで五人、ペパーミントティーを飲んで長々と語り合った。誠さんは清長さんが風水師だと知って興味を持ったらしく、彼に風水の仕事について訊いてきた。小さい頃に普通の暮らしを与えられず、大人になって社会に出て挫《くじ》けてしまったけれど、この人は本当は好奇心旺盛《おうせい》でまだまだ若い。きっと、今からでも大丈夫だ。

きれいな水鉢の中ではいきいきとメダカが泳いでいて、誠さんの明るい未来を応援してくれているように見えた。

私と清長さんが上川家を辞する際には、家族三人で仲良くお見送りをしてくれた。こんなものしかないですがよかったらどうぞ、と美紀子さんが清長さんに冷蔵庫から取り出したフルーツゼリーが入ったビニール袋を持たせてくれた。

「誠さん、大丈夫ですかね」

　帰り道、清長さんに言うと、清長さんは力強く頷いた。夏の夜は、気持ちいい。涼しい夜風にさらされ、清長さんも調子が良さそうだ。

「まぁ、ずっと引きこもってたんだから、体力の問題はあるだろうな。まずは散歩したり、好きなところに行ったり、それからだろう。引きこもりには、いきなり仕事を探せ、と言ってはいけないんだ。まずは外に出て、人と関わることから始める。社会の中で生きる訓練をさせる。人は誰でも、社会人だからな」

「誰でも？」

「あぁ。赤ん坊は生まれた瞬間、親の手じゃなく、助産師の手で受け止められるだろう？人はその瞬間から社会と繋がって、社会人になるんだ。誠さんは、社会人として生きることに疲れて引きこもりになってしまった。だから自分から、まずは社会との接点を持って、社会人になることだな」

「なるほど……」

　そう考えると、私もまだ親の脛《すね》を齧《かじ》っている高校生だけど、社会人なんだ。よく社会人としての自覚を持て、と言うけれど、それは子どもの頃から教えられないといけないことなのかもしれない。

それにしても、清長さんってすごいな。いろんなことを知っていて、腕も立つ。今日使った術なんて、それこそすごかった。光が見えたり、声が聴こえたり……あれはとても、人間業《わざ》とは思えない。そもそも清長さんってちょっと、浮世離れしている。容姿だけじゃなくて、太陽の光が苦手だったりとか、そういうところが。

清長さんって、今までどんなふうに生きてきたんだろう。

「清長さん」

「なんだ?」

しばらく、二人淡々と道を歩く音が続く。清長さんの革靴と、私のパンプスが少し違うリズムで重なっている。歩きながら、次の言葉を考えた。

「清長さんって、過去にどんな経験をしてきたんですか? その若さで、すごい風水師さんだし……あやかしを倒す術だって、とても常人にはできないっていうか。風水師というより、超能力者みたいで……あ、これ、別に過去の詮索《せんさく》をしてるとか、そういうわけじゃないんですけど」

「夏凛」

清長さんが立ち止まる。私は振り返る。清長さんは、固まっていた。まっすぐ私を見据え、数歩近づく。そのただならぬ気配に、思わずたじろぎそうになる。

「俺は、普通の人間じゃない」

「え？」

「俺のルーツは、だぶん夏凛の想像を超えている」

苦いものを吐き出すような声だった。勇気を出して言ってくれたのが伝わる。

「俺がもし暴走したら、夏凛が俺を止めるんだ」

「私が……ですか？」

「ああ。夏凛ならできる」

「でもどうやって……」

「アメジストだ。そのアメジストが、助けてくれる。使い方はその時、石が教えてくれる」

清長さんはそう言って、また歩き出した。

今の、どういう意味なんだろう。

まず、暴走、がどういうことなのかもわからないし、アメジストがどんな働きをするのかもわからない。まさか、危ない目に遭ったりするんだろうか。そして、危ない目に遭った時、清長さんを助けられるのは私だってことなんだろうか。

ふと、先ほど、がしゃ髑髏を祓った際のことを思い出す。あの時の、鬼のような清長さんの表情、冷酷とさえ感じられた笑み。あれはたしかに清長さんの言うように、普通の人間のものじゃなかった。

その時、胸元にぼうっとやわらかな熱を感じた。アメジストを見下ろすと、満月みたいな白い光がわずかだけど発せられていた。手に取ると、やっぱり少し暖かい。

ああ、そうか。

このアメジストはちゃんとわかっているんだ。

清長さんにまつわる疑問も、これから起こることも、アメジストは答えを知っている。

それでいて、私に向かって大丈夫だよ、と訴えるように輝いている。

アメジストの意思のような白い輝きを信じたくて、温《ぬく》もりをきゅっと握りしめた。

「やります、私」

そう言って、私は清長さんの背中を追いかけた。

# 「年によって異なる方位と運の吉凶」とは？

年によって異なる方位と運の吉凶というものは、「九星気学」における９つの星の配置と十二支の方位、「玄空飛星風水」を考慮するなかで生じます。

九星気学の星の配列は東西南北、中央の八方位を、毎年節分のタイミングで切替わりながら循環し、9年サイクルで一周します。引っ越しや旅行などの移動による吉凶を占うのが九星気学の大きな特徴です。

しかしこの太歳方位というのは九星気学の移動に用いるだけではなく、風水でもその年を代表する、大切な方位として使用されます。

九星気学は９つの星が9年周期で巡るのに対して、太歳方位は12年で循環しています。

太歳とは、その年の十二支の方角を示しており、
子年＝北、丑年・寅年＝北東、卯年＝東、
辰年＝南東となってます。
このように十二支と方位はセットになっています。

九星気学や家相風水においては、太歳方位の改築工事について吉凶の考慮をしませんが、玄空飛星風水の考えでは太歳方位の改築工事などは災いが起きやすいと言われており、工事を翌年にずらすなどの配慮をします。

太歳方位に限らず、自宅周辺で大きな工事や動土が長期間行われることで、病気、事件や事故などの災いに巻き込まれてしまうケースも見受けられるため、注意が必要です。

# 第四話 鵺との対峙

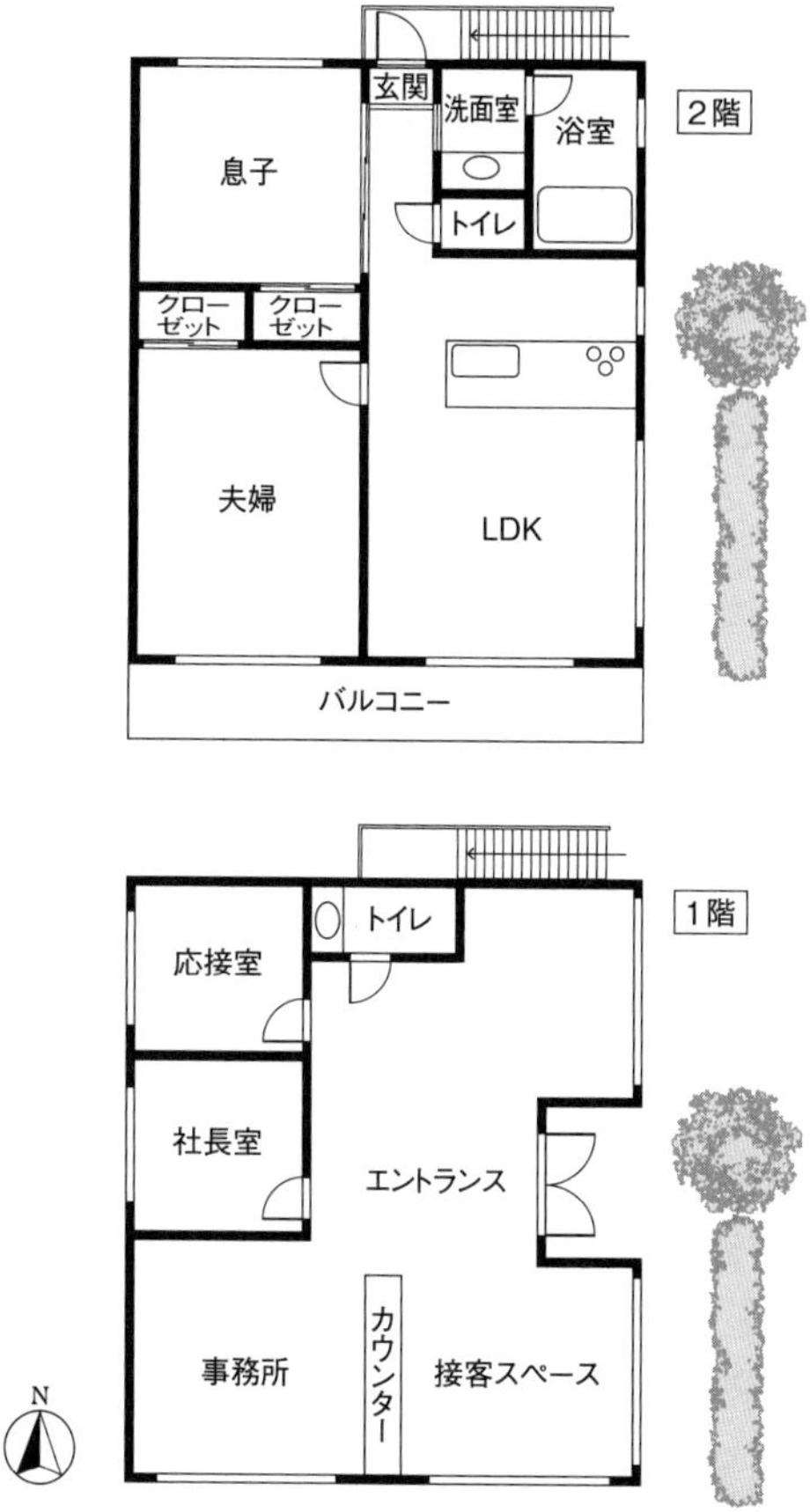

玄関
洗面室
浴室
2階
息子
トイレ
クローゼット
クローゼット
夫婦
LDK
バルコニー
1階
トイレ
応接室
社長室
エントランス
事務所
カウンター
接客スペース
N

夢の中にいた。

私は着物を着ていた。それも七五三や成人式で着るような着物とは違って、ゴージャスな十二単《じゅうにひとえ》のようなもの。髪もずっと長く、床につくほど伸びていた。この格好、まるで平安時代のお姫様だ。でもさすが夢、私はその格好に疑問を持つこともなく、やはり十二単の女房たちに囲まれて穏やかに笑っていた。

家の中も、不思議な造りをしていた。畳が敷き詰められた純和室の部屋は、二十畳、いやもっとありそうだ。屏風《びょうぶ》が置いてあったりして、まさに平安時代なんだろう。起きている時なら、これはいったどういう状況なのかと戸惑《とまど》うことだろうけれど、夢の中の私はすんなりそれを受け入れていた。

「梨花《りか》さま、晴明《せいめい》さまがお見えになられました」

お付きの者が言う。私はなぜか、「梨花」と呼ばれていた。それが、この世界での私の名前らしい。そして晴明さまというのは、まさか、あの……。

「お疲れでしょうから、すぐに食事にしてちょうだい」

「はい、梨花さま」

まもなく、「晴明さま」が部屋に入ってくる。男ものの着物に、頭をすっぽり覆《おお》う烏帽《えぼ》子《し》。そしてその顔は——清長《きよなが》さんをそっくりそのまま写し取ったようだった。

「晴明さま、お帰りなさいませ」

心持ち、声を弾《はず》ませて言う私、いや、梨花。清長さん――じゃない、晴明さまも笑顔だ。右手に十字に紐《ひも》がかかった、小さな箱を提《さ》げている。

「ただいま、梨花」

「右大臣《うだいじん》さまのご邸宅は如何《いかが》でしたか？」

「妖狐《ようこ》がたくさん棲《す》みついていたから、祓《はら》ってきた。これで右大臣さまも安心して眠れるはずだ」

「晴明さまは、右大臣さまにとってなくてはならないお方ですわね」

「梨花は嬉しいことを言ってくれるな。これは、梨花への土産《みやげ》だ」

「何かしら？」

「開けてみなさい」

嬉々《きき》として、箱を開ける梨花。中には椿《つばき》の葉をのせた、白い餅《もち》が入っていた。これは平安時代から食べられていたお菓子で椿餅と言う。もちろんそんな知識はないはずなのに、夢の中の私は当たり前のように喜びの声をはじけさらた。

「椿餅ではないですか！　嬉しい！」

「梨花はこれが好きだったよな」

「はい、ありがとうございます、晴明さま」

「夕餉《ゆうげ》の後で食べよう」

晴明さまが梨花を抱き寄せる。梨花は晴明さまの腕の中で、うっとりと目を閉じる。梨花の鼻孔《びこう》を伝わって、私の嗅覚《きゅうかく》を刺激するいい匂いが流れ込んでくる。晴明さまがつけている香だろう、梅の花のような甘い香りがする……

そこで、テレビのスイッチがプツンと切れるように、世界が途切れた。目を開けると、いつもの天井が映った。夜明け前なのか、部屋は薄暗い。

「……変な夢」

呟《つぶや》いて、スマホを見た。まだ三時半。起きるには早過ぎる。鼻の中にまだ梅の花の香りに似たあの匂いが残っている気がして、鼻の頭をこすった。

今の夢、いったい何なんだろう。私が梨花で、清長さんが晴明さまと呼ばれていた。晴明さまってもしかして、安倍《あべの》晴明？　いや、そんなわけない？　でも、夢にしては、あまりにも視界も感覚もはっきりしすぎていた。

再び布団に潜《もぐ》ろうとすると、机の上に置いてあるアメジストが目に入った。アメジストはうっすら、発光しているように見えた。

「ふあぁーあ……」

冷凍食品ばかりを詰めた手抜きのお弁当を食べ終わった途端、情けない欠伸《あくび》が漏《も》れた。

購買のチョココロネを頬張っている香耶子《かやこ》が呆れた顔をする。

「夏凛《かりん》、また欠伸？　さっきからそれで三回目だよ。英語の授業の時も、居眠りして怒られてたし」

「いや、その、夕べ妙な夢見ちゃってさ……で、変な時間に起きちゃって、その後もう一度眠ろうとしてもあんまり寝れなくて……」

「へー、どんな夢？」

香耶子が興味津々《しんしん》な目をこっちに向けている。

他の人なら、こんなことは話せないだろう。夢の話なんて、何ソレって鼻で笑われるだけだろうし。でも妖怪とか幽霊とか宇宙人とか、不思議なもの全般大好きな香耶子なら、夢の話だって馬鹿にしないはず。

「えーと、実はね……」

そこで私は、香耶子に夢のことを話した。舞台が平安時代らしいことも、私が梨花と呼ばれていたことも、おそらく安倍晴明らしき人が清長さんにすごく似ていることも。中二病の子が書いたライトノベルみたいな夢だけど、香耶子は笑わなかった。

「ふんふん、なるほどね……梨花、か……」

「ほんと、なんなんだろう？　安倍晴明らしき人は清長さんにそっくりだし、それに夢にしては触った感じとか何もかもが、はっきりし過ぎて……」

「それ、前世の記憶だったりしてねー」

「前世？」

　つい、声が引っくり返った。香耶子はしばらくスマホをいじった後、探偵よろしくぴーんと人差し指を立ててみせた。

「ん、検索したらすぐ出てきた。安倍晴明は高い能力を持った陰陽師《おんみょうじ》で、伝説上の偉人なんだけど、その安倍晴明の妻として梨花って人の名前が残ってるの」

「梨花……」

「そう、安倍晴明、梨花に言い寄る男がいて、そいつを殺しちゃったりなんて話もある」

「な、何それ。怖い」

「まぁ、それは後世の人が盛って書いた話だと思うけど。つまり、夏凛の前世は安倍晴明の妻の梨花で、清長さんの前世が安倍晴明。夏凛が夢で見たのは、梨花の記憶なんじゃないかな」

「そんな。前世の記憶って……たまたま、そんな夢見ただけだと思うけど」

「何？　納得いかないの？」

「納得も何も……」

　前世の記憶だなんてあまりのトンデモ論に、思考がついていかない。それにその話だと、私と清長さんは、前世で夫婦ってことになるじゃないか……そんなの、考えただけでも恥ずかし過ぎる……。

「あれー？　夏凛、何赤くなってるの？」

「べ、べべべ、別に、赤くなってなんか……！」

「あー！　さては、清長さんと前世で結婚してたのが嬉しいんだ？」

「嬉しくなんかないしっ！」

　強く否定する私を見て、香耶子はケラケラ笑ってる。この子にとっては、前世の記憶らしき夢を見た人が目の前にいて面白くてしょうがないんだろうなぁ……。

「ねぇ、夏凛ってどうなの？」

「どうって、何が？」

「トボけないでよー！　決まってるじゃん、清長さんのことだよ」

　にんまり、香耶子がチェシャ猫みたいな意地悪な笑みを浮かべる。

「あやかし退治もできる凄腕《すごうで》の風水師《ふうすいし》が、あんなイケメンなんて！　一緒にいて、好きになったりしないのかなーって」

「そんなわけないじゃない……」

「ほんとー?」

「ほんとだよ、だって、だって……」

「だって?」

迷った末、ぽつんと言葉を吐いた。

「だって私、男の人を好きになるってことが、よくわからないから……」

たしかに、清長さんの凜《りん》とした表情に、息が止まるほど胸が熱くなったり、ドキドキと鼓動が速くなったりしたことはある。でもそれが「好き」ということなのかどうか、よくわからないのだ。

この気持ちは、単なる師匠に対する尊敬の念じゃないのだろうか。たとえ女の子が男の人に抱く感情のそれであっても、格好いい人にドキドキすることなんて、誰でも多少はあることなんじゃないのか。私は「憧《あこが》れ」と「好き」の違いがよくわからない。恥ずかしながら、高校二年生にもなってそのテの経験はまったくないんだから。

そう香耶子に言うと、意味が伝わったのか、香耶子はこくこく頷《うなず》いていた。

「うーん、たしかにそれは難しい問題だね。まさしく、夏凜らしい問題ともいえる」

「私らしいって何よ、それ！」

「だって、夏凛って恋愛には超オクテじゃん」

「ちょっと、それすっごい失礼。香耶子だって恋したことないくせに！」

思わず怒ると、香耶子は目をぱちくりとさせた。

「恋したこと？　あるよ、あたし」

「へ!?」

意外過ぎる。こんな、口を開けばあやかしの話しかしないような生粋《きっすい》の不思議少女が恋!?　てか、私、香耶子にまで後《おく》れをとってたってこと!?　ショックなんだけど……。

「いつ!?　ていうか、相手は誰!?」

「初恋は幼稚園の頃でー、相手はぬりかべだったかな」

「……」

香耶子は目をキラキラ輝かせてる。思わず黙る私。

そうだ、香耶子は天然の変人だ。この子にまともな恋愛経験があるわけなかった。

「絵本に出てきたぬりかべに、一目ぼれ！　まさにフォーリンラブだよー。お絵描きでずっとぬりかべの絵ばっか描いてさ、親とか先生に、たまには他のものも描いたら？　なんて言われちゃってー。バレンタインにはぬりかべの形のチョコレート作ったの、本人に渡そうと思って、なんとかぬりかべに会う方法考えたんだけど……」

ああ、なんて話を聞かされてるんだろう私。香耶子が普通の人間に恋ができるようになる日はまだまだ遠いらしい。よかった、置いてかれてなくて。

でも、想い人（この場合人じゃないけど）について話す香耶子の顔は、いつも以上に女の子らしくてきれいで、ほんとにぬりかべのことが好きなんだと思い知らされた。私も、ひょっとしたら清長さんの前でこんな顔をしてるのかな。

ブー、とスマホが震えた。清長さんからラインが来てる。その文面を見て、えっと声を漏らしてしまった。ぬりかべについて語っていた香耶子が視線を私に移す。

「どうしたの、夏凛」

「清長さんからライン。暑さにやられてぶっ倒れた、って……」

続いてぴこんと通知が来て、今度はＨＥＬＰとうさぎが涙目になっているスタンプが送られてきた。


夏休みまであと一週間。既《すで》に暑さは本格的になり、夕方になってもまだまだ日は高く、地上はアスファルトの照り返しでもわっと熱気が漂っている。下北沢《しもきたざわ》に着いた私と香耶子は、清長さんの家に行く前に先にスーパーで買い物を済ませておくことにした。

「風邪の時はやっぱ、これでしょ」

香耶子が籠《かご》に桃を放り込む。

「桃なんてどうするの？」

「風邪の時は水分の多い果物でしょ」

「だから風邪じゃないんだって」

「風邪じゃなきゃなんなの？」

「清長さん、太陽の光に弱いから。それで具合を悪くしたって……病院にも行ってないみたいだし」

「ふーん。太陽の光に弱い、か……まるでドラキュラだね」

「清長さんは人間だよ」

そう言いつつ、自分の言葉を訝《いぶか》しんでしまう。この前、がしゃ髑髏《どくろ》を退治する時に使った技。あれはとても、人間業《わざ》とは思えなかった。清長さんは過去に風水師としてあんな高度な業を使いこなすための修行を積んだのか、それとも私の想像を超えた何かがあるのか。

私は清長さんのことを、知らなさ過ぎる。

清長さんのアパートに入ると、鍵は開いていた。玄関から呼びかける。

「清長さんー、来ましたよー」

声は返ってこない。代わりにスマホが震える。

『奥の部屋にいる。入ってきてくれ』

奥の部屋というのは、清長さんが寝起きしている場所だ。いつもリビングで話をしているので、ここに入るのは初めて。清長さんのプライベートな空間に立ち入るのかと思うと、ちょっと緊張する。

「失礼します……」

ドアを開けると、ベッドに横たわっている清長さんが目に入った。物が少ない、簡素な部屋だ。あまり生活感がしないのが清長さんらしい。

「悪いな、来てもらって」

清長さんが覇気のない目で私と香耶子を見る。本当に具合が悪そうだ。

「いったいどうしちゃったんですか？」

「昼に、郵便物を回収しようと部屋の外に出たんだ。そしたら太陽の光にやられて、倒れてしまってな……」

「それって熱中症じゃ。とりあえず熱、測ったほうが」

「体温計ならベッドの横の簞笥《たんす》の、上から二段目だ」

体温は三十八・七度もあった。あきらかに熱中症だ。

「こんなに体温高かったらそりゃ辛いはずですよ！　スポーツドリンク買ってきたから飲んでください、あと冷却シートもあるんで貼りますね」

「夏凛、あたし桃剝《む》いてくるー！」

香耶子がキッチンに消えていく。熱中症の時に桃を食べさせるのって、やっぱり変な気がするけど、まぁいっか。栄養補給は大事ってことで。

ふと部屋の中を見渡すと、窓の横に小さな仏壇があった。女の人の写真が飾ってある。長い髪の、きれいな人だった。ちょっと、清長さんに似ているような。

「母だ」

私の視線に気づいた清長さんが言った。

「母子家庭だったんだ。俺が十五の時に死んだ」

「そうだったんですね……すみません、じろじろ見て」

決まり悪くて、視線を床に落とす。清長さんの過去を詮索《せんさく》するつもりじゃなかったのに。

「別にいい。それより、話をしておきたいことがある」

「なんですか？」

「依頼が来た。今度は、師匠から回ってきたものだ」

清長さんによれば、清長さんに風水のいろはを叩き込んだ師匠は海外でも活躍している風水師さんで、たいへん忙しいから時々弟子の清長さんにも仕事を回しているらしい。

「今回は、会社の鑑定だ。去年から業績が傾いていて、他にも困っていることがあるから風水鑑定をしたいらしい。夏凛、明後日《あさって》は空《あ》いているか？」

「もう夏休み前だから、明後日から学校は午前中だけなので。午後からなら大丈夫です」

「よし、じゃあ明後日に」

そこでガラッとドアが開いた。お皿を持った香耶子が意気揚々《ようよう》とやってくる。

「清長さーん！　これで栄養補給してくださーい！」

「これは……何だ？」

「桃です、これで元気出してください！」

なんにも考えてないような香耶子の顔を見ていると、気が抜けてくるなぁ……しかし、清長さんは優しかった。

「ありがとう、いただくよ」


水曜日の午後、依頼者の最寄《もよ》り駅で清長さんと待ち合わせた。清長さんはいつもの日傘にアームカバーと、日差しを完全防御したスタイルで現れた。紫外線対策バッチリのおばちゃんみたいな格好に、ちょっと笑ってしまった。

「何笑ってるんだ」

眉をひそめて言う清長さんは、やや怒っていた。

「夏凛も少しは紫外線対策したほうがいいぞ、歳を取ってから後悔したって遅いんだから」

「私だって、日焼け止めくらいは塗ってますよ」

そんな会話をしながら歩いていると、依頼者の自宅兼会社に着いた。依頼をしてきた田《た》宮《みや》さんは、不動産会社を経営しているという。道路沿いに植えられた木々の間に「田宮不動産」という看板が見えた。

「なるほど、今回のいちばんの問題点が見えたな……」

「えっ、もうわかったんですか」

「道路を挟んで、工事をしているだろう」

たしかに、道路を挟んで工事をやっている。かなり高いビルのようで、もう十階くらいまで建っているけれど、クレーン車を見るからにまだ建物は空高く伸びそうだ。

「何建ててるんでしょう」

「おそらくタワーマンションか何かだと思う。問題なのは、この建物が依頼者の会社から見て東方面に建とうとしていることだ」

清長さんは早速赤い羅盤《らばん》を取り出し、鑑定をしていた。

「東方面だと、何か問題があるんですか？」

「今年は、東が大歳《たいさい》という方位になる。この方位を工事すると、地面に埋まっていた幽霊が出て、影響を及ぼすことがあるんだ」

「ここの地面、幽霊が埋まってるんですか!?」

思わずぎょっとする私に、清長さんは涼しい顔。

「時代を遡《さかのぼ》ると、戦争や天災がたくさんあった。日本じゅうどこにも、幽霊の埋まっていない土地なんてない」

「そ、そりゃそうですけど……」

「とにかく、大歳の方位は気をつけなきゃいけないんだ。しかも東に限らず広範囲に発動する、北東から東南までな。具体的には霊障《れいしょう》や、業績不振、病人や死人が出るなどして表れる。業績が傾きだしたのは去年からというから、もろにこの方位の影響を受けているな」

「なるほど……でも、工事を止めてもらうわけにはいかないし、どうやって対策するんですか？」

「それは後で話す。まずは、建物全体を見せてもらおう」

中に入ると、さっそくカウンターの奥から依頼者の田宮さんが出迎えてくれた。店内には他のお客さんはいない。田宮さんは目が落ち窪《くぼ》み、隈《くま》が濃くて頬もげっそり痩《こ》けていて、いかにも元気がなさそうだ。

「安倍《あべ》さんですね。お待ちしておりました。そちらのお嬢さんは？」

「助手の真鍋《まなべ》夏凛です」

お辞儀をすると、田宮さんはにっこり笑った。笑顔もなんだか取ってつけたようで、覇気がない。

「応接室でゆっくりお話しさせていただければと思います」

カウンターの向こうの応接室に案内される。革張りのソファにカーテン、焦《こ》げ茶色で統一された一見高級感のある部屋だけど、じめじめしていて埃《ほこり》っぽく、よく見ると窓枠が汚れてたり、あまり掃除をされていないのがわかる。普段、使われることがない部屋なのかもしれない。

「夏凛、アメジストをちょっと外してみてくれないか」

そう言う清長さんは既に眼鏡を外している。目が不思議な色を帯びていた。

「何か見えるんですか？」

「いいから、外すんだ」

アメジストを外した途端、思わず声を上げそうになった。

机の上にのっぺらぼうが寝そべり、彼の足元では一つ目小僧や角がある鬼らしきあやかしが戯《たわむ》れている。天井には一反木綿《いったんもめん》が浮かんで、気持ち良さそうに鼾《いびき》をかいていた。

「な、なんなんですかこの部屋！」

耐えられずアメジストを首にかけ、半ば叫ぶと、清長さんは冷静に言った。

「換気が悪いから、妖怪たちの休息所になっているんだな。さっき、霊障があると言っただろう。それがこの部屋に出ているんだな。今回はかなり大変だぞ、建物全体にあやかしが出て大変なことになっているからな」

「こんな部屋、応接室にしちゃってるんですね……」

「それも、業績不振に繋がってくるな。応接室ということは大事なお客様を通すんだろうが、ちょっと敏感な人だと、この部屋はかなり居心地が悪く感じるはずだ。早く帰りたくなるに違いない」

やがてお茶が運ばれてきた。えっと、あの、そのお茶、ちょうどのっぺらぼうのお腹《なか》の上あたりに置かれてるんですけど……喉《のど》は渇《かわ》いているけど、手をつける気になれない。

「去年から、会社の業績が悪いんです」

田宮さんは、沈鬱《ちんうつ》な表情で語りだした。

「感染症の影響もあるとは思うんですが、それだけではなくて……社員たちも成績が落ちる一方で、どんな打開策を講じても効果がありません。あと、妻の体調も心配で」

「奥さまは専業主婦ですか」

「いえ、うちの副社長をやっています」

田宮さんはひと口麦茶を口に運んだ。

「去年から、原因不明の手の震えと耳鳴りに悩まされていまして。病院はもう、ひと通り回ったんです。脳神経外科、耳鼻咽喉科《じびいんこうか》、神経内科。最後に心療内科を勧《すす》められまして、薬を飲んでいるのですが、一向に症状が良くなりません」

「奥様も何かしらの霊障を受けている可能性がありますね」

「そうですか……あと」

「あと？」

もごもごと田宮さんは言う。

「お恥ずかしい話なのですが……うちの愚息《ぐそく》のことなんです」

「というと？」

「今年二十六になるのですが、仕事もせず遊んでばかりで、自堕落《じだらく》な生活をしておりまして……大学卒業後はうちの会社を手伝って、いずれは後を継ぐと言っていたのですが、まったくうちの仕事をやろうとしません」

　これまでの依頼者がそうだったように、子どものこととなると歯切れが悪くなる。たしかに健康な若者が働かず遊んでばかりなんて、親としては体裁《ていさい》が悪いだろう。

「では、この紙に家族の名前と生年月日、そしてこの建物が建った年を書いてください」

　清長さんが紙を一枚差し出し、田宮さんがペンを走らせる。字にまでなんとなく元気がない。会社の業績不振や奥さんの体調の悪化、息子さんのことで心労が溜まっているんだろう。

田宮　慶一（たみや　けいいち）　1967年6月5日
田宮　璃沙子（たみや　りさこ）　1971年9月25日
田宮　慶吾（たみや　けいご）　1997年8月14日
一九九〇年築

「三十年以上前の建物なんですね。もっと新しいかと思ってました」

　書いた紙を見て清長さんが言う。田宮さんが頷く。

「若い頃からこの業界にいて、独立したのが十五年前なんです。その時に、中古物件でこの建物を買って、自宅兼オフィスにしました。最初は業績も良かったのですが……」

「わかりました。次は、オフィスと自宅、両方見せてください」

応接室を出て、まずは一階から回る。羅盤片手に、玄関を見て清長さんは唸《うな》っていた。

「うーん、これは東欠けだな……」

そんなことを言いながら図面に何やら書き込んでいる。玄関の隣、北東側には熱帯魚が何十匹も泳いでいるきれいな水槽かあった。さらに、年代物の振り子時計が目を引く。私の肩ぐらいまでの高さがある、かなり大きな時計だ。

「今どき珍しいですね。こんな大きな時計」

まるで、おじいさんののっぽな古時計みたいだ。田宮さんが目を細める。

「アンティークが趣味で、十五年前に会社をオープンさせる時に買ったんです、記念にね」

「へー、思い入れのある時計なんですね」

「いい時計だが、置く位置があまり良くないな」

振り子時計を見て、清長さんが眉をひそめる。

「こういう動きのあるものは、扱いが難しいんだ。方位によっては建物全体の運気を上げるが、置く場所を間違えると運気を下げてしまう。ついでに水槽がこの位置にあるのも良くない。ここは北東だからな」

「そうなんですね……」

田宮さんがしゅん、と効果音が聞こえそうな落ち込み方をした。

北側のトイレと水回り、西側の社長室、接客スペースとカウンターで挟まれた南西のスタッフデスク。仕事をしている従業員を紹介してもらう。

「うちにずっと勤めている、川端《かわばた》さんと小幡《おばた》さんです」

田宮さんに紹介され、パソコンに向かっていた二人が立ち上がる。川端さんは長い髪を後ろでひとつに束ねた女の人で、小幡さんはうちのお父さんと同い年くらいの男の人。どちらも、見るからに元気がない。清長さんの言う霊障というやつを受けて、参ってしまっているんだろうか。

「社長から話は聞いています。うちの業績を回復させるためにも、どうかお願いします」

切実な口調で川端さんは言う。病人みたいに頬がやつれていた。隣で小幡さんも清長さんに訴えかけた。

「副社長の病気も心配なんです、最近では手の震えがひどくてお茶を淹《い》れるのも危なっかしくて。風水でできることがあれば、どうかお願いします」

「あの、奥様はどちらに？」

「二階です。今日は耳鳴りがひどくて、熱もあるみたいなので休んでもらっています」

北側に設《しつら》えられた外階段から二階に上がる。玄関に現れた璃沙子《りさこ》さんは、田宮さんや従業員たちと同様頬が痩けていた。熱のせいなのか、顔全体がほんのり赤い。

「主人から話は伺《うかが》っています。どうぞお上がりください」

「体調のほうは大丈夫ですか？」

私が訊《き》くと、璃沙子さんは無理やりといった様子で口元を笑みの形にした。

「熱が少し引きましたので……あまり耳鳴りがひどいといつも熱を出してしまうんです。お医者さんには精神的なものだと言われたのですが、薬を飲んでも効果がなくて」

「ちなみに耳鳴りというのは、どういった感じのものなんですか」

清長さんが言う。それ、風水鑑定に関係あるんだろうか。璃沙子さんはちょっと考え込んだ後、答えた。

「なんて言えばいいのかしら……すごく、気持ちの悪い音なんです」

「気持ちの悪い音、ですか」

「はい。低い唸り声みたいな、獣の声のような。ヌオオオオ、って感じですかね。ひどい時は一日中聞こえているので、心身共に参ってしまって」

「なるほど……」

清長さんが眉間《みけん》に皺《しわ》を寄せている。何かわかったんだろうか。私たちは出されたスリッパに足を通し、居住スペースに上がった。

まず目についたのは、中央のリビング、天井で回っている大きなシーリングファンだ。お金持ちの家にあるイメージだったし、実はこういうものがある家にちょっと憧れてたりする。でも、近づくとなぜか背筋がぞわっとした。

「夏凛、アメジストをとってみろ」

眼鏡を外した清長さんが言う。

「それって……また、いるってことですよね？」

「いいから外すんだ」

有無を言わせない清長さんの言葉。私だって、まだあやかしが見えるという状況に慣れたわけじゃない。怖いものは、できれば見たくないのに。しぶしぶアメジストを外すと、とんでもない光景が目に飛び込んできた。

大きく口が裂けた化け猫、目ん玉爛々《らんらん》の三つ目小僧、なぜか河童《かっぱ》らしきものまで。いろんな妖怪たちがシーリングファンにぶら下がって遊んでいる。これじゃ、まるで妖怪遊園地だ。

「どうかしました？」

ぎょっとしている私に璃沙子さんが不思議そうに声をかけ、私は慌《あわ》ててアメジストをつける。つけた途端、ぱっとあやかしが見えなくなるから不思議だ。

「いえ、なんでも……」

家の中にまであやかしがいるってことは、言わないほうがいいだろう。依頼者を不必要に怖がらせる必要はないし。

家の中を回り、清長さんが紙に間取りを書き込んでいく。西にある夫婦の寝室、北西にある慶吾《けいご》さんの部屋、北東のバスとトイレ、東側にあるキッチンとダイニング、南側のバルコニー。ひと通りルームチェックを終えると、清長さんがシャープペンのお尻でこつこつ額《ひたい》を突《つ》きながら言った。

「この家の問題点は、二つあります。まずは、北西に息子さんの部屋があること。この家の星の配置を見ると、北西を寝室にしている人に振り回されやすいんです」

「なるほど……どうしたら」

「いい大人だし、家を出て自活してもらうのがいちばんいいんでしょうが、まずは息子さんの自立心を促《うなが》すためにも風水対策で凶作用を抑えましょう。あと、キッチンとダイニングの水回り、ここにある窓がずっと閉まっているのも問題です」

「痙攣《けいれん》が出るので、キッチンはほぼ使っていないからずっと閉め切っているんです……包丁を使うのも危ないですから」

今も耳鳴りがするのか、璃沙子さんが元気のない声で言う。

「東側は今年は要注意の方位ですからね。東側の換気が悪いと、凶作用が出やすくなります。あと念のため、キッチンのカーテンを開けさせてもらってもいいですか。ちょっと、確認しておきたいことがありますので」

「別に構いませんが……植木しか見えないと思いますけど」

「その植木が問題なんです」

不思議そうな顔の璃沙子さんと一緒にキッチンに行く。カーテンを開け、眼鏡を外して、清長さんは一点をじっと見ていた。璃沙子さんの言うように、カーテンを開けても建物の前に植えられた木と、その隙間《すきま》から道路が見えるだけだ。

「清長さん、何か見えるんですか?」

「夏凛もちょっとアメジストを外してみるんだ。絶対に声を上げるんじゃないぞ」

声を上げるなって。そんなに恐ろしいあやかしなの? でも、清長さんのいつになく強い調子に逆らえない。

おそるおそるアメジストを外して、息を呑んだ。

木の枝に、「それ」は腰掛けていた。猿のような顔にぎょろっとした紫の目が邪悪に光っている。赤い口が耳まで裂けていて、カーブを描いた牙が覗《のぞ》いていた。身体はごわごわした毛に覆われていて狸《たぬき》みたい。清長さんよりも大きい。二メートルはあるだろうか。

　ずんぐりむっくりした胴体に対し、手足はひょろっとしていてそのアンバランスさが気持ち悪い。鋭い爪ががっしりと木の枝に食い込んでいる。青光りしている長いしっぽが蛇のように蠢《うごめ》いていた。実際、先端に蛇の頭がついていて、赤い舌がじゅるるる、と伸びる。

　じっと見ているると、視線が合ってしまった。紫の目がぎらりと不気味に光り、赤い口が笑いの形に歪《ゆが》んで、ひょおおお、とお腹の底を撫でられるような嫌な声がした。

「どうしたんですか？　顔、真っ青ですけれど……」

　璃沙子さんが心配そうに言う。

「大丈夫、です……」

　もう一度木を見ると。「それ」は見えなくなっていた。でも、禍々《まがまが》しい雰囲気が木の周りに漂っていて、ずっと消えなかった。心臓がどくどくと嫌な感じに鼓動を打っていて、鎮《しず》まれと胸にぎゅっと手を当てた。

　リビングでお茶を飲んでひと息入れた後、いよいよ今日のメイン。清長さんが風水対策を指導する。

「まず、一階のオフィスからお伝えしますね。メモの用意はいいですか？」

「大丈夫です」

田宮さんがメモとボールペンを取り出す。その眼差《まなざ》しは真剣だ。

「この建物は全体的に霊障を受けてしまっているので、それを防ぐためにも外の植木を切って、日が当たるようにしてください。その上で玄関に、管《くだ》が六本のウインドチャイムを下げます」

「ウインドチャイム……すみません、それは何ですか」

「風鈴みたいなものよ、あなた」

清長さんがスマホでウインドチャイムを検索し、画像を出して田宮さんに見せている。田宮さんがほう、と目を見張る。

「これを玄関に置くことで、仕事が入ってくるようになります。そして、北東にある振子時計と水槽、これを東南の応接室に移動させてください。こうするとさらに営業成績が上がります。何もなくなった北東のスペースには、天井まで届く大きな観葉植物を置いてください」

「大きな植物なら、なんでもいいのでしょうか」

「そうですね、モンステラとかがおすすめですが……よければ、中国から取り寄せたハナズオウを差し上げましょうか。効果が高いです。追加料金はとりませんので」

「お願いします」

ハナズオウ？　それ、どんな植物だろう？　清長さんが持ってるくらいだから、すごい見た目の木だったりして。頭の中であれこれ想像しているうちに、話は次に移る。

「応接室の焦げ茶のソファは素敵ですが、風水チャートを考えるとあの部屋のインテリアは白、シルバー、ゴールドで統一するのが望ましいです。カーテンにはシルバーやライトグレーを使ってください。社長室も、シルバーや白で統一しましょう。これで社長である田宮さんの運気が上がり、従業員のやる気も戻ってきます。さらに社長室には、金属製のオブジェを飾ります。トロフィーなどでいいんですが」

「トロフィーなら、昔柔道の大会で獲《と》ったものがありますが」

「田宮さん、柔道やられてたんですね」

田宮さんがちょっと照れ臭《くさ》そうに頭を掻く。

「これでも有段者なんです。今はすっかり筋肉が落ちて、身体も脂肪だらけですが」

「この人、自分がスポーツをやってたから慶吾にも何かさせたいって言ってたんですよ。でも結局、どれも続かなくて」

璃沙子さんの口調には、少し明るさが感じられた。

「オフィススペースの対策はこれくらいです。二階の対策に移りましょう。まず、キッチンに古銭《こせん》を六枚置きます。さらに、一階の玄関と同様に六本の管のウインドチャイムを、外のタワーマンションの工事をやっている間は下げておきます。工事が終わったら、外しても構わないので。これが霊障を抑えてくれます」

田宮さんが丁寧《ていねい》にメモを取っている。よく見るとさすが社長さんらしく、なかなか字がきれいだ。

「次に、リビングのシーリングファン、これをもっと南側、バルコニーのほうに移動することは可能ですか」

「大丈夫です、電気をつける部分が二つあるので」

「なら、移動させてください。さらに、ダイニングにサーキュレーターと空気清浄機を置いて、室内の空気を循環させます。これで事業運が上がります。玄関には大きなガラス製の透明なフラワーベースに、三本のバンブーを活《い》けます。これをやると、金銭的損失を抑え、裁判沙汰《ざた》や口論を防いでくれます」

こくこく、田宮さんと璃沙子さんが頷いている。心なしか、鑑定の前よりも二人の表情が晴れやかになっているような気がした。

「そして、息子さんの部屋にはシルバーの鉄アレイを置き、寝具やインテリアはライトグレーやブルー、紺《こん》で統一します。これで、息子さんの自立心がアップするはずです」

田宮さんがメモを取り終わるのを待ってから、清長さんが言った。

「お伝えする風水対策はこれで以上ですが、何かご質問等はありますか」

「あの、何度か霊障という言葉が出てきたような気がするんですが、この家には幽霊がいるんでしょうか」

璃沙子さんが眉を八の字にして言った。

「幽霊とか、そういうものは特に信じているわけでも、信じていないわけでもないんですが……自分の家にいるとなると、やっぱり怖くなってしまって。私の耳鳴りや痙攣も、そのせいなんでしょうか」

清長さんがやわらかい表情になる。切れ長の目が柔和《にゅうわ》に細まって、目の横に皺ができた。

「たしかに霊の影響は受けていますが、大丈夫です。だいたい、戦争や天災が大昔から何度も起きてるんですから、世界中どこを探したって、霊のいない土地なんてないんです。大事なのは、霊の影響を防ぐことです。私がお伝えした風水対策を実行していただければ、奥さまの病気も快方に向かいますよ」

「そうなんですか。よかったな、璃沙子」

田宮さんに微笑みかけられ、璃沙子さんがこくっと頷いた。

「それでは、今日はこれで失礼します。一週間後にまた来させてください。風水対策の効果が表れているかどうか見たいので」

外に出ると、真夏の日はだいぶ西に傾いていて、太陽の色がオレンジっぽくなっていた。外気はまだ暑い。すぐに帰るのかと思ったら、清長さんは三本植えてある木の真ん中でごそごそとカバンを漁《あさ》りだした。

「清長さん、どうしたんですか？」

「ここにいたあやかしに罠《わな》を仕掛けておく。一週間後、あいつを祓わなくちゃいけないからな」

清長さんがカバンから出したのは、お猪口《ちょこ》と小さいお皿、お塩の入った袋とお酒の瓶。お猪口にお酒を注ぎ、お皿にお塩をうずたかく山のような形に盛りつける。この二つを木の根元に置いて、セッティングは完了らしい。

「あのあやかし、何なんですか？　あんなの、見えたことないんですけど……」

駅まで歩きながら訊いてみた。日傘の影の中の清長さんの横顔がいつになく険《けわ》しい。

「あれは、鵺《ぬえ》だ」

「鵺？」

「聞いたことないか？　頭は猿、胴体は狸、手足は虎、尾は蛇。四種類の獣の身体的特徴を持ったあやかしだ」

「あの家に他のあやかしを集めているのは、奴の仕業《しわざ》だ」

　つまり、あの家のあやかしのボス的存在だということか。清長さんは続ける。歩きながら、日傘に合わせて顔にかかる影が揺れる。

「璃沙子さんの耳鳴りは、低い音が鳴っていたと言っていただろう。あれはおそらく、鵺の鳴き声だ。あやかしに敏感な体質だから、声が聞こえてしまっているんだろうな。鵺の声だから、そりゃ具合も悪くなる」

「そんな……璃沙子さんの体調まで悪くさせてるなんて……」

　猫股《ねこまた》に座敷童《ざしきわらし》、がしゃ髑髏。今まで見てきたあやかしと、今回はひと味違う。ろくにあやかしの知識なんてないけれど、それくらい私にもわかる。

「心配するな、夏凛」

　少し高い位置から、清長さんが私に笑いかける。とても優しい笑顔だった。風が吹いて、シルバーグレーの前髪がかき上げられ、白い額が見えた。

「俺に任せろ。今回のあやかしだって、ちゃんと祓えるさ」

「でも……あの鵺とかいうやつ……なんかすごく禍々《まがまが》しいオーラを放ってたっていうか……」

「強いんですか？」

「俺が信じられないのか？」

「そんなこと！」

「とにかく」

清長さんが手のひらで私を制した。

「夏凛がやたらと心配することはない。風水対策をしてもらえれば、あの鵺の力も少しは弱まるからな。一週間、ゆっくり待つんだ」

一瞬だけ見た鵺の恐ろしい姿は、しっかり瞼《まぶた》の裏に焼きついている。あのぎょろぎょろした目、人間に対する底知れない悪意を秘めているような気がした。

でも清長さんの声はとてもやわらかで温かくて、不安を宥《なだ》めてくれた。鵺の話をした後は、お互い自然と無口になり、二人の足音が少しずつ違うリズムでアスファルトを鳴らしていた。


ある夜、夢の中。私は再び「梨花」になっていた。

この前と違うのは、今回は夜だということ。長い髪を枕の向こうに避け、白い寝間着姿で布団に横になっていた。隣の布団には清長さん——いや、晴明さまがいる。呼吸に合わせて上下する、晴明さまの胸。すぐ隣に愛する人がいるという安心感に、満たされていた。

夜半過ぎ、晴明さまが起きる気配がした。つられて梨花も目覚めると、晴明さまは外を窺《うかが》っている。その目は、とても険しい。

「どうしたのですか、晴明さま」

「鵺の気配を感じる」

「え」

私は硬直する。しばらくして、家の者が部屋の中に入ってくる。

「晴明さま、梨花さま！　お屋敷の敷地内に鵺が！　門番が二人やられました！」

「すぐに行く」

数珠《じゅず》を手に外へ出ようとする晴明さまの腰に、梨花がすがりつく。

「いや、晴明さま！　行かないで！　あなたの身に何かあったら、私は……」

「案じるな、梨花」

晴明さまの白い手が、梨花の頬をそっと撫でる。とても優しい手つきに、梨花の身体の震えが収まっていく。

「今宵《こよい》こそ、奴と決着をつける時だ。大丈夫だ、私を信じてくれ。必ず帰ってくると約束する」

「必ず……ですよ」

梨花の両手を晴明さまの手がぎゅっと握りしめる。そして晴明さまは梨花を置いて、戦いの場へと向かう。廊下に出た梨花が、だんだん小さくなっていく後ろ姿をじっと見つめていた。

それから、長い時間が過ぎた。

屋敷の中の女たちは、ひとつの部屋に集められていた。みな不安で、生きた心地がしない。外がどうなっているのか、晴明さまが勝っているのか、知る者はいない。梨花は一心不乱に神仏に祈っていた。それしか、夫のためにできることはなかった。それでも一向に、愛する人は帰らない。やがて梨花は立ち上がる。

「梨花様！　どこへ行かれるのですか！」

女房たちの制止も聞かず、梨花は部屋の外へ出ていく。

「晴明さまのところに行ってくるわ！　ここで黙って待ってなんかいられない！」

「おやめください！　危険過ぎます、梨花様！」

女房たちを振りほどき、梨花は夜の闇に身を躍《おど》らせる。念のため、刀を持っていた。刃渡り二十五センチほどの懐刀《ふところがたな》は晴明さまから渡されていたもので、魔を祓う力があるという。いざとなったら、自分がこれで鵺を——戦うと決めた以上、覚悟はできていた。

お屋敷の庭に、晴明さまと鵺がいた。鵺の姿を見て、梨花は驚愕《きょうがく》した。四つの獣が合体した異形《いぎょう》のあやかしは、伝え聞いていたものよりもずっと恐ろしかった。剛毛に覆われた太い腕が、闇を切り裂き、晴明さまの腕を薙《な》ぎ払った。黒く光る鋭い爪が着物を切り裂き、ばりばりっと布が破ける音がする。

「晴明さま！」

愛《いと》しい人の名を呼び、梨花は駆け寄る。振り返った晴明さまが、驚きに目を見開いた。

「梨花、なぜ……」

こちらに向かってくる梨花に、晴明さまが必死で叫ぶ。

「駄目だ、梨花！　来るな！」

遅かった。

気がつけば、梨花の身体は鵺に捕らわれていた。寝間着の背中の部分を咥《くわ》えられ、必死に殴ったり蹴ったりして胴体を攻撃するものの、拘束が解かれることはない。絶体絶命の状況なのに、梨花は気丈《きじょう》だった。

「何をするの、無礼よ！　放しなさい！」

「安倍晴明の妻か……ふはは、美しい女だ」

背中を咥えられたままなのに、鵺の声がする。鵺の声は頭の中に直接響く、不思議な低音だった。音と共に、脳がかき回されるような不快さが込み上げ、梨花は顔をしかめる。

「安倍晴明、取引しよう。この女を渡せば、お前の命は助けてやる……」

「そんな取引に応じる気はない」

晴明さまが向かってくる。でも、どうする気だろう。攻撃するにしても、梨花が邪魔だし、晴明さまの腕はさっきの鵺の攻撃を受け、血を滴《したた》らせている。あの腕じゃあまりにも不利だ。

そこで梨花は、懐刀を忍ばせていることを思い出した。

「いい加減にして！　無礼だって言ってるでしょう！」

目を狙った。梨花がまさか武器を持っているとは思わなかったのだろう、鵺は完全に不意を衝《つ》かれた。次の瞬間、鵺の右目に深く短刀が刺さる。

「うおおおお!!」

鵺は痛みでのけぞり、悶《もだ》える。梨花の身体が左右に揺さぶられ、やがて放り出される。短刀が抜け、真っ黒な血が噴き上げる。解放された梨花は、夫に呼びかけた。

「晴明さま、今です！」

「よくやった！」

晴明さまが梨花に駆け寄り、梨花が愛しい人の背中に手を回す。その時、ぬおおおお、と再び脳に直接重低音が響き、魂を潰《つぶ》されるような不快感に顔を歪《ゆが》めながら梨花は振り返った。

　鵺の身体がぶくぶくとあちこち膨《ふく》れ上がり、尾の蛇から青い火花が散っていた。鵺の顔が百面相を付け替えるかのように、次から次へと変化する。狼《おおかみ》、狐《きつね》、猫、熊、獅子《しし》、龍……ぬおおおお、と唸り声が放たれ、猫の髭《ひげ》や龍の角が激しく揺れる。あたりの空気が震え、強い風が吹いたかと思うと、衝撃で木が根本から真っ二つに折れた。これは鵺の妖術なのか。恐ろしい光景に梨花は晴明さまにしがみつく。

「どうやらこの鵺は、陽《よう》の気を取り込んでいるらしい」

「どういうことですの……？」

　晴明さまは梨花を抱きかかえながら、何歩か退《しりぞ》いた。

「あやかしはみな、陰《いん》の気に属する。だから陰の気が強い夜にしか活動できないし、普通はこうやって直接人を襲うほどの妖術は使えない。妖術を使うには、陽の気を取り込まないといけない。つまりこの鵺は、私たちを攻撃するために生きるものが持つ陽の気を使っている」

「ええと、それはどういう……？」

「お、ようやく正体を現したな」

　次々といろんな獣のものに変化していた鵺の顔が、人間の女の顔に変わった。目の玉が真っ黒で肌が不気味なほど白い、生気がまるでない女の人の顔。

「その女の身体から今すぐ出ていけ!!」

晴明さまの両手から、青い光の玉が放たれる。玉はまっすぐ鵺の腹にぶつかり、銀色の炎を上げ爆発する。晴明さまが梨花の身体に覆いかぶさり、二人は衝撃をこらえる。しばらくして二人が身を起こすと、生気のない女の口が鵺と同じ真っ赤に染まって、にたにたと笑っていた。少し離れたところに鵺が立っている。

「晴明さま……そんなにその女が大事なのですね……わかりました、なら、その女ともども地獄に落ちればいい……!!」

女の髪が二メートルはあろうかという長さに伸び、大蛇のような髪が鞭《むち》みたいな勢いで襲ってくる。悲鳴を上げる梨花を抱きかかえ、晴明さまは逃げる。

「ははは、これでどうだ！　人間の身体なら、攻撃できないだろう!!」

鵺の高笑いの声に、梨花は女房から聞いた話を思い出す。

晴明さまが妖狐祓いに度々《たびたび》訪れていた、右大臣家での噂だった。右大臣家のとある女房が、晴明さまにご執心《しゅうしん》だとのことだった。晴明さまはまったく相手にしていないというし、梨花も愛されている正妻の余裕で気にしていなかったのだが、鵺に操られるほどその女は晴明さまを愛してしまったらしい。しかし、愛も度を過ぎれば憎しみに変わるもの。振り向いてくれない相手を憎み、鵺と同じ赤い唇を笑いに歪ませ攻撃してくる女房が、梨花は哀れでならなかった。

「晴明さま、ここは梨花におまかせください」

「おい、待て！　何をするというんだ!?」

梨花は晴明さまの制止を振り払い、哀れな女房に懐刀一本で立ち向かった。

「晴明さまに手を出すのはやめなさい！　あなたの目的は私でしょう？　私が相手するわ！」

「梨花、やめろ！」

晴明さまが駆け寄るより先に、梨花の身体に女房が覆いかぶさり、白い首に両手がかけられる。梨花が至近距離で見た女房は、既に人間の顔をしていなかった。

「ふふふふ、これであなたは終わり、晴明さまは私のもの……！」

梨花の首にじわじわと力が込められ、締め上げられていく。苦しさに喘《あえ》ぎながら、梨花は遠のく意識の中で懐刀を振り上げた。

「晴明さまは渡さないっ!!」

左右に払った懐刀の先端が女房の額に当たり、そのまま真一文字《まいちもんじ》に切り裂いた。断ち切られた黒い前髪がはらりと落ち、痛みで女房は崩れ落ちる。

「目を覚ませ！」

その時、晴明さまの手のひらから青い球が放たれ、女房の後頭部に当たった。

梨花が女房の身体の下から這《は》い出すと、その女は既に普通の人間の顔に戻っていた。こうして見るとずいぶんと若く、顔にはあどけなささえ感じられる。年端《としは》もゆかぬ少女が恋に囚《とら》われ、鵺の操り人形となっていたのかと思うと、胸が詰まりそうだった。

「これでこの女はただの人間に戻った。さあ、ついにお前を倒す番だな」

晴明さまが刀を抜き、刃《やいば》が銀色にきらめいた。鵺がごおおお、と鳴き、赤い唇の間から黒い炎が漏れた。

「威勢のいいことを言っていられるのも今のうちだ、この炎で焼き尽くしてやる!!」

鵺が黒い炎の塊《かたまり》を吐き、梨花を直撃しようとする。梨花は反射的にまだ地面に倒れている女房の身体を抱きかかえた。晴明さまが梨花を突き飛ばす。

「晴明さま！」

晴明さまの刀は妖術がかけられたものだったのだろう、鵺の炎を防いでいた。かなりの体力を使うらしく、晴明さまの額に汗が滲《にじ》んでいる。鵺が出す炎の勢いは増し、だんだんと晴明さまが押されていく。

「晴明さま！　勝って!!」

涙をこぼしながら梨花は叫んだ。

「負けるものか!!」

晴明さまの口から、いくつかの言葉が解き放たれた。それは梨花の耳には言葉というより音に近かった。あやかしのみに聞こえる、人間世界にない言葉なのだろう。

晴明さまが刀を振り下ろすと銀色の閃光が黒い炎を弾《はじ》き返した。鵺は避ける間もなく、黒い炎を全身に浴びる。

「ギャアアアア!!」

恐ろしい絶叫があたりに轟《とどろ》き、鵺の身体で赤や紫の光が爆発した。地獄の花火のような光景に梨花は身震いする。再び強い風が吹き、また何本かの木が折れた。

やがて炎が収まり、白い煙の中、半分ほどの大きさに縮んだ鵺が現れた。顔は痛々しく火傷《やけど》し、全身を覆う剛毛が縮れている。自慢の爪もあちこち欠けていて、蛇の尾が途中からちぎれていた。

「憎き安倍晴明よ……これで終わったと思うな……私の魂は次の代に引き継がれ、お前の子や孫に付き纏《まと》うだろう……その時こそ、地上は私の仲間で満たされる……!!」

恐ろしい声でそう言うと、今度は先ほどの絶叫とは違った弱々しい断末魔《だんまつま》の声を漏らし、鵺は息絶えた。身体のあちこちから白い煙が上がる。煙が完全に消えた頃、そこに残ったのは小さな獣の死骸だった。狸か犬の子にしか見えない、惨《みじ》めな死骸が黒焦《くろこ》げになって転がっているだけだった。

「梨花、お前はなんていけない子だ！　まったく、危ないことをして！」

晴明さまがこちらへ向かってくる。梨花は愛する人の腕の中に飛び込んでいく。

「ごめんなさい、晴明さま……梨花、どうしてもあなたが心配で……」

「ありがとう梨花、そなたのお陰だ」

晴明さまが梨花の長い髪を撫で、梨花は晴明さまの胸に顔を埋《うず》める。その温《ぬく》もりと匂いが、戦いで昂《たかぶ》った心を鎮めてくれる。

いつのまにか雲で隠れていた月が顔を出し、白い光が夜を照らしていた。季節は秋、ひんやりとした風に合わせて、薄《すすき》の穂が揺れていた。

目が覚めると、喉がカラカラに渇いていた。スマホで時刻を確認する。まだ夜中の三時半だ。

再び寝なくては。今日は清長さんと一緒に、田宮さんのところに行く日なんだから。でも、喉が渇き過ぎている。寝室を出てキッチンに向かい、冷蔵庫から麦茶を出してグラスに注ぐ。冷たいものが喉を落ちていく感覚が心地良い。

「やっぱり……ただの夢じゃないよね」

思わず独り言を呟いていた。だいたいの夢はもっと荒唐無稽《こうとうむけい》で意味不明なものなのに、「梨花」の夢はきちんとストーリーがあって、感覚もはっきりし過ぎている。梨花が晴明さまに抱く愛情まで、まざまざとリアルに感じられた。

もし、私の前世が梨花で、清長さんの前世が安倍晴明で、あの夢が本当にあったことだとしたら。鵺の最期《さいご》の言葉にも深い意味がある。あいつはたしかに、子の代も孫の代も、未来永劫《えいごう》付き纏うと言った。

あの鵺が、清長さんを前世から恨み続けているとしたら。

寝室に戻ると、机の上に置いたアメジストがうっすらと発光しているように見えた。そっと握りしめると、少しだけ温かい。その温もりを確かめてから、ベッドに入った。

結局、睡眠不足だった。あの後寝ようとしても寝付けず、今も頭がふにゃふにゃしている。真夏の鋭い日差しにやられ、体力が容赦なく奪われていく。

「どうした、なんだか顔色が悪いが」

隣で清長さんが言う。私たちは今、田宮さんのオフィス兼自宅に向かっているところ。清長さんは今日も、日傘にアームカバーという格好だ。

「ちょっと、睡眠不足で」

「遅くまでスマホゲームでもしてたのか」

「そんなんじゃないですよ」

ちょっとムッとしながら答える私。すぐ傍にある清長さんの顔と、夢で見た晴明さまの顔が重なる。清長さんなら、言ってしまってもいいかな。鵺の情報は、関係あることだし。

「実は……夢を見たんです」

「どんな夢だ?」

清長さんは表情を変えない。なんだか話しづらいなあと思いながらも、私は語りだす。

「時代はたぶん平安時代とかで、安倍晴明が出てくるんです。その安倍晴明は清長さんの顔をしていて、私はその……梨花っていう女の人で」

恥ずかしくて、説明しなきゃいけないのに声がごにょごにょとなってしまった。清長さんの顔をした人が夫として現れる夢を見てしまったなんて。でも、清長さんは涼しい顔。

「それで?」

「二人が住むお屋敷に鵺が現れて、安倍晴明がそれを退治してくれたんですけど。鵺がやられる時、最期に言葉を残すんです。これで終わったと思うな……私の魂は次の代に引き継がれ、お前の子や孫に付き纏うだろう……その時こそ、地上は私の仲間で満たされる、って」

清長さんはやっぱり、表情を変えない。夢の中のことなんて、馬鹿馬鹿しいって思われただろうか。それでも私は言葉を続ける。

「もし、あの夢がただの夢じゃなくて、過去に実際にあったことだとしたら……そんなことありえないってわかってるけど、考えちゃうんです。清長さんはただの風水師じゃなくて、なんというかその……魔法使いみたいだから。人智を越えた能力を操る人、そんなふうに私には見えるから。そんなことあっても、不思議じゃないんじゃないかって。でも、だとしたら、あの鵺は……」

そもそも、あやかしが見えてしまうこの能力、それ自体が信じがたいことなのだ。今までは半信半疑だったけど、清長さんに出会ってわかった。この世には、科学じゃ説明のつかないことが存在している。だとしたら、前世っていうものもあるかもしれないわけで。

「つまり、夏凛が言いたいことはこうだな。あの鵺は、俺と夏凛の、前世からの因縁《いんねん》の相手であると」

「因縁……まぁ、そうですね」

「大丈夫だ。そんなに心配するな」

清長さんがそっと、私の肩に手を置いた。夢の中で梨花になった私が感じた、晴明さまの手のひらの温もり。それによく似た、優しい手だった。ただ触れてるだけなのに、そこが異様に熱くて、心臓が不思議と高鳴る。

これは、私の前世が梨花だから？　安倍晴明を前世に持つ清長さんに、反応してしまうんだろうか。

「因縁の相手だろうがなんだろうが、関係ない。俺を信じてくれ」

「でも。あの家に、たくさんのあやかしを呼び込んでるあやかしのボスなんでしょう？」

「力が強いことは間違いない。しかし、俺のほうが上だ」

清長さんが斜め上から、私に笑いかける。切れ長の目が細まった、素敵な笑顔。また、心臓が甘く反応した。

「それに、夏凜がいれば、俺は何倍もの力を発揮できるんだ」

「清長さん……？」

「ほら、早く行くぞ」

長い脚を動かし歩く清長さんの隣で、私は甘い心臓の鼓動を抱きしめていた。

心臓がこんなに反応するのは、梨花としての気持ちなのか、それとも本当に私の気持ちなのか、わからない。

運命に従って身体が恋の反応を示しているだけだとしたら、私の本心はどこにあるんだろう。

変な夢なんて見たくなかったのにと、思ってしまった。

現場に着くと、鬱蒼《うっそう》と茂っていた三本の植木がきれいに枝葉を切り落とされ、すっきりしていた。これだけでなんとなく、この場が明るくなったように感じる。

「うん、この前よりずっと気の流れがいい」

確かめるように清長さんが言った。

「これなら、中のあやかしもだいぶ少なくなっているだろう」

清長さんがドアを押し、中に入る。ウインドチャイムがチリンチリンと甲高《かんだか》い音を立てる。

「お待ちしていました」

出迎えてくれた田宮さんは、この前より元気そうだった。憑《つ》き物が落ちたように、目がいきいきとしている。

「教えていただいたこと、ひと通り実行してみたんですよ」

「確認したいので、中を回って見てもいいですか」

「もちろん、大丈夫です」

熱帯魚の水槽と振り子時計は東南に移動され、北東には私の背丈《せたけ》と同じくらいの木が置かれていた。清長さんが中国から取り寄せたものというのは嘘じゃないらしく、ぎざぎざした葉っぱは見たことがないものだ。応接室のソファはシルバーになり、カーテンは白地にゴールドのストライプ。社長室には白地にシルバーの模様が入ったカーテンがかけられ、トロフィーがいくつも飾ってあった。

「お伝えしたことを早速実行いただいて、素晴らしいです。従業員のみなさんも、前向きに仕事に取り組めるようになったのではないでしょうか」

「はい、以前は社内の空気が悪く、みんな仕方なく仕事しているようだったのですが、このところは笑顔が戻ってきました」

「それは何よりです。二階も見せてもらってよろしいですか」

「はい、家内が二階で待っています、お上がりください」

外階段から二階に上がると、早速玄関に三本のバンブーが飾られていた。シーリングファンは清長さんのアドバイス通り、南側へ。キッチンには六枚の古銭とウインドチャイム、ダイニングルームではサーキュレーターと空気清浄機が活躍している。

「家の模様替えをしてから、手が痙攣する頻度《ひんど》が少なくなってきたんです」

リビングにお茶を運んできた璃沙子さんが言う。たしかに、一週間前と比べると肌の艶《つや》が良くなり、頬も血色がいい。

「でも、耳鳴りは相変わらずなんですよね。これも収まるといいのですが」

「大丈夫です。今日、なんとかして帰りますから」

耳鳴りの正体は鵺の声だと、私と清長さんは知ってる。まだ耳鳴りがするということは、あの鵺はこの家にいるってことだ。なんとかするって、清長さん、鵺と直接対決するつもりなんだろうか。

夕べの夢に出てきた鵺の姿が瞼の裏に浮かび上がる。晴明さまはかなり追い詰められていた。清長さんに危ないことがないといいけれど……。

ガタン、と玄関のドアが開く音がした。リビングに人が入ってくる。

「慶吾」

璃沙子さんが息子の名を呟いた。

慶吾さんはお酒の匂いをぷんぷんさせていた。顔が赤く、目も充血している。無精髭が伸びっぱなしで、だらしない生活をしていると一見してわかる風貌だった。

「あなた、またお酒飲んでるの」

「パチンコで負けたんだよ。飲んだっていいだろ、別に未成年ってわけじゃないし」

「だからって毎日じゃない。限度ってものがあるでしょう」

眉をしかめる璃沙子さんの隣、清長さんのほうに慶吾さんの視線が移る。

「誰だよ、その人は」

「慶吾にも話したでしょう、うちを診《み》てもらった風水師さん。会社の業績を立て直すアドバイスをもらったのよ」

「ああ、だから俺の部屋までカーテン替えたり、鉄アレイなんて持ち込んだりしたのかよ。風水なんて、そんなもんで会社がなんとかなるわけないだろ」

「慶吾、なんて失礼なことを……！」

璃沙子さんが言いかけた時、田宮さんの両手が慶吾さんの身体に伸びた。

気がつくと、慶吾さんの身体が宙を舞っていた。ダダーン、という派手な音と振動がして、慶吾さんの身体がフローリングの上に叩きつけられる。いきなり投げ技をかけられた慶吾さんは目を白黒させつつ、田宮さんに怒鳴っていた。

「おい、何するんだよ！　痛《いて》えじゃないか！」

「一本背負いだ」

「わかってるよ！　なんでいきなりそんな……！」

「父さんと母さんの気持ちをすべて注ぎ込んだら、こんなもんじゃ済まないぞ」

父親の威厳に満ちた低い声に、慶吾さんが黙った。

「慶吾、父さんたちは会社の業績が悪いだけで、風水に頼ったわけじゃないんだ。お前のことが心配だから、お前の部屋も模様替えさせてもらった。毎日ゲームとパチンコと酒、そんなお前が心配でたまらないんだ」

父の言葉を、慶吾さんは黙って聞いていた。不意打ちの一本背負いが効いたのかもしれない。

「前は言ってたよな、いつか、父さんの会社を継ぐって」

「言ったよ」

「その気持ちは変わってないか?」

「うん」

「じゃあ、明日からうちの社員として働くんだ」

「お、おい、待ってくれよ、明日からって、そんな急な……!」

「いいから働きなさい」

有無を言わせぬ口調に臆したように、慶吾さんが頷いた。

「よかったですね」

私が璃沙子さんに言うと、璃沙子さんが口元をほころばせた。

「本当によかった。でも、これからです。まだ私たちは、スタートラインに立ったばかりですもの」

田宮家を後にした頃には、夏の長い日も暮れかけていた。西の空がオレンジに染まり、少しずつ夜が地上を浸食していく。

清長さんは、この前植木のところにセッティングした盛り塩とお酒を確認していた。お皿の中身を見て驚いた。盛り塩もお酒も、血のような真っ赤に染まっている。禍々しい色に、口の中でひっと悲鳴を上げてしまった。

「清長さん、これって……」

「鵺の仕業だな」

清長さんは器《うつわ》を片付けた後、地面にボールペンのお尻で何やら図形を描いていた。古代文字を組み合わせたような不思議な図形だ。

「何してるんですか?」

「鵺を、駐車場に誘導している。この家の駐車場は広いから、鵺との決闘にはうってつけだ」

図形を描き終わると二人で駐車場に移動する。田宮不動産の建物の北側に位置する駐車場は、広さがある上にブロック塀で囲まれているので、周囲の目を気にしないでいられる。

清長さんは数珠を取り出し、ブツブツと呪文を唱えだした。その強張《こわば》った横顔をじっと見ていると、胸元がじんわり熱くなってくる。

見ると、アメジストがぼうっと発光していた。妖《あや》しい白い光はどんどん強くなっていき、やがてふんわりと宙に浮かぶ。手に取ってみて、火を直接持っているかのような熱に慌てその手を引っ込めた。

「熱ッ！」

アメジストの光は清長さんの呪文に呼応するように、どんどん強くなっていく。そして石の向きがゆっくりと変わった。その先を見ると、いつのまにそこにいたんだろう、鵺の姿があった。

植木のところにいた時より恐ろしい、禍々しい紫色の目が恨みがましく清長さんを睨《にら》みつけている。胴体からは赤い煙がもうもうと上がり、鋭い爪が地面に食い込んでいた。しっぽの先の蛇の頭がきしゃあぁ、と真っ赤な舌を震わせた。

『憎き安倍晴明の末裔《まつえい》よ……ついに我の前に姿を現したか……！』

鵺は口を一切動かさず、その声が直接脳に響く。夢と同じだ。清長さんが叫んだ。

「夏凛、下がってろ！」

「そんな、私だって――」

「お前を傷つけさせるわけにはいかないんだ！」

清長さんが鵺に向かっていく。数珠をしている左手が銀色に輝いていた。光の中の手を見て、驚いた。白くすべすべした、男の人のものにしては華奢《きゃしゃ》な手が、ごつごつした大きなものに変わっている。

「ここはお前の居場所じゃない」

低い声で清長さんが言うと、光が大きな球となり、手を離れて鵺に飛んでいく。夢で見た安倍晴明みたいだ、と思った。

矢のような速さで飛んでいく光の球を、鵺はあっさり避けた。そして清長さんの次の攻撃の準備が整う前に、彼へと向かっていく。

「危ないッ！」

叫び声が口から零《こぼ》れた。

清長さんはズボンのお尻のポケットから棒を取り出した。親指が何かを押す動きをすると、棒が一メートルくらいまでスッと伸びる。鋭い爪を振りかざし、肩を攻撃してくる鵺を棒で払った。次は脚に向けての攻撃を払う。次は……鵺の顔が気味の悪い笑みに歪む。

『ハハハ、防戦一方だな……末裔とはいえ、この程度か！』

「清長さん！」

たしかに清長さんは少しずつ後ろに下がり、駐車場の端へと端へと追い詰められていく。このままではいずれ退路を断たれてしまう。

なんとか、清長さんを助けなければ。とはいえあんなバケモノ相手に、何ができる？焦《あせ》りで全身の肌がじんわり汗を滲ませる。ふと、ブロック塀が崩れている箇所《かしょ》が目に入った。その下の地面にはブロック塀の欠片《かけら》が落ちている。

アクション映画みたいに、上手《うま》くはいかないだろうけど——一瞬の逡巡《しゅんじゅん》の後《のち》、欠片を両手で拾った。三キロはあるだろう、まぁまぁの重さだった。そのまま鵺に向かって全力ダッシュする。そんな私に清長さんが気づいた。

「何やってるんだ、夏凛！　下がってろ！」

清長さんが私を心配する気持ちは嬉しい。でも、この状況を黙って見ているわけにはいかない。

夢の中の梨花だって、短刀を鵺の目に突き刺したじゃない——。

「くらえーっ!!」

我知らず、声を上げていた。鵺が一瞬、ぎょろっと首をこちらに向けた。助走をつけてジャンプして、その頭に思いきりブッロク塀の欠片を振り下ろす。

『ギャア!!』

不意打ちの攻撃は効いたらしい。猿の頭が裂け、中からどろっとした黒いものが飛び出す。人間でいう血液にあたるものだろうか。鵺の血はタールみたいな色をしていた。

「清長さん、今です！」

「よくやった!!」

清長さんが棒を振りかざす。銀色に光るごつごつした左手から、光が棒を上っていき、全体が輝く。

でも、鵺の動きのほうが速かった。

鋭い爪のついた前足が棒を振り払い、そして蛇の尾が清長さんの脚を横薙《よこな》ぎにする。勢いがついていた清長さんは派手にその場に転倒してしまう。

「清長さん!!」

思わず駆け寄ろうとした私に清長さんが叫ぶ。

「こっちに来るな！」

そんなこと言われたって、じっとしているわけにはいかない。走り出したら、ふっと身体が宙に浮いた。

気がつけば私は、鵺の前足にがっちりと身体を拘束されていた。鵺の身体は獣臭く、鼻が曲がりそうだ。

『どうだ、これで女はこっちのものだ。このままこいつを攫《さら》っていくこともできるんだぞ』

ぞっとする声に鳥肌が立つ。立ち上がった清長さんが今まで見たことのない険しい顔をしていた。

「清長さん！　私にかまわず攻撃して！」

「そんなわけにいかないだろう！」

『ははは、どうする。手出しをすれば、この女も無事じゃ済まないぞ』

思わず、鵺を睨みつけていた。なんて卑怯《ひきょう》な手を使うんだろう。人質をとるなんて、夢で見たのと同じ。

待って、夢と同じなら、あの時梨花は。

胸元のアメジストは、まだ熱を持っていた。

何も考えていなかった。ただ本能が、そうしなさいと私を突き動かしていた。私はぱっとペンダントを外し、光るアメジストを手に鵺のお腹を殴りつけた。光がぶううん、と螺《ら》旋《せん》を描く。

『ヒギィッ!!』

鵺の腕から力が抜けた。拘束から解き放たれた私はしたたかに地面にお尻を打ちつけた。痛いなんて言ってられない。慌てて立ち上がり、鵺から離れる。

鵺のお腹から真っ黒い液体が零れ落ちていた。アメジストの攻撃が効いたらしい。

「清長さん、今です！」

清長さんが棒を振りかざした。

途端、清長さんの眼鏡がはじけ飛ぶ。両目が赤く光っていた。シルバーグレーの長い髪が腰までにゅっと伸びる。

「清長さん……？」

私の呼びかけに清長さんは答えない。そんな声なんてまるで届いていないかのように、鵺に向かっていく。

清長さんが棒を思いきり鵺の頭に振り下ろした。

『ウグゥッ!!』

鵺が悲鳴を上げた。なおも清長さんは棒を振り下ろす。頭に、お腹に、胸に、打撃が放たれる。清長さんは……笑っていた。唇を歪めて。目を三角にして。あやかしと闘っているというより、相手をいたぶることを楽しんでいるようにしか見えなかった。

誠さんからがしゃ髑髏を祓った時の、あの顔だった。

「清長さん……」

いったい、どうしちゃったの⁇

鵺の尾が清長さんの脚を払った。一瞬の隙を突かれた清長さんが地面に倒れると、鵺はブロック塀の上にぴょんと飛び乗った。

『クソッ！　今日はここまでにしておいてやる』

鵺がブロック塀の向こう側に消えていくのとほぼ同時に、清長さんが左手から光の球を放った。鵺には当たらず、ブロック塀がゴオッと一部崩壊した。

清長さんはもう鵺はいないのに、何度も光の球をブロック塀に向かって放つ。ブロック塀がどんどん崩れていく。

「やめて！　清長さん!!」

清長さんに私の声は届いていなかった。赤い目をぎらつかせ、唇を歪ませ、ただただ破壊を続けている。

その頭に小さな角がにょきっと生えているのが目に入った。

どうしよう。これは、私の知ってる清長さんじゃない……。

ふと、胸の光が強くなっているのに気づいた。さっきと同じだった。理屈じゃなくて、本能がそうしろと語りかけてくる。

「清長さん、目を覚まして！」

胸のアメジストを外し、思い切り清長さんに投げつけた。

白い光が弾丸のような速さで飛んでいき、清長さんの背中に突き刺さった。

『オオオオォォォ!!』

獣の断末魔のような咆哮を上げ、清長さんはうつ伏せにばったりと倒れた。

清長さんは私の膝《ひざ》の上で目を覚ました。さっき見た角はもうなくなっていて、目や髪も元に戻っていた。ちょっと放心しているような切れ長の目に、ほっとした。

「鵺は……?」

「逃げていきました。覚えていないんですか?」

「途中から記憶がない」

清長さんはだるそうに身体を起こし、きょろきょろとあたりを見回した後、ふうと小さくため息をついた。そしてジーンズのお尻のポケットから愛用のいい香りの煙草《タバコ》を取り出し、ライターで火を点《つ》ける。

「俺は、どうなってた?」

「鵺と闘ってるうちに、どんどん清長さんが清長さんじゃなくなっていきました。眼鏡が割れて目が赤くなって、髪が伸びて、頭に角まで生えて……最後は理性を失ったみたいに、攻撃を繰り返してました」

「そうか」

しんと重い沈黙が私たちの間にわだかまる。膝に置いた手をぎゅっと握って、清長さんの言葉を待った。煙草の白い煙がゆらゆらと夜空に上っていく。

「俺の家は、代々陰陽師の家系だ。陰陽師なんて夏凛にすれば漫画や映画だけの話かもしれないと思うかもだけど、陰陽師の技は現代になっても風水などに形を変えて受け継がれている。あやかしを封じる術も残っている。俺の母は安倍家の中でも資質がいいと言われていた。その母が、二十歳《はたち》の頃に駆け落ちした。相手は、鬼だった」

「鬼!?　鬼ってあの、あやかしの……?」

「その鬼だ」

清長さんの頭に生えた角を思い出す。つまり清長さんは、安倍家の人間と鬼のハーフってことになるんだろうか。

「母も父も生まれた家を捨て、二人で静かに暮らした。しかし父は俺が小さい頃に失踪《しっそう》し、母も十五の時に死んでしまった。身寄りを亡くした俺を迎えに来たのは安倍家の人間で、その時俺は母が陰陽師の末裔だと知った。高校に通いながら、親戚である師匠に弟子入りして安倍家の人間として修行を積んだ」

そう語る清長さんの顔に、深い悲しみが漂っていた。さっきまで不気味に赤く光っていた瞳が、今は少しだけ潤《うる》んでいる。

「家を出て早くに独立したのは、周りの冷たい目に耐えられなかったからだ。祖父母も、母のきょうだいも、本来自分たちの敵である鬼と駆け落ちした母をよくは思っていなかった。その息子の俺も。今でも時々、夏凛が見たように鬼の力を制御できなくなる。気味が悪いって思っただろう」

「そんなこと思いません！」

「嘘をつかなくていい」

いつになく強い声に、見えない手で口を封じられたみたいだった。清長さんは睨むような目で私を見る。

「こんな気味の悪い男のもとでこれ以上働きたくない。そう思っているなら、これきり俺の助手をやめたっていい。夏凛にだって選ぶ権利がある」

「ちょ、なんですかそれ……」

「目にしたんだろう、俺の鬼の姿を!!」

清長さんの叫び声を、初めて聞いた。冷静じゃなくなっている自分に気づいたのか、清長さんがふうと息を吐き、続けた。

「自分が普通じゃないことは、自分がいちばんわかっている。他の人間と同じように普通に生まれてきていたら……そう思ったことは、何度もある」

「清長さん……」

「自分のことを気味が悪いと思っている人とは、一緒にいたくないんだ」

声が少しだけ震えていた。それでようやく、彼がどれだけのものを背負って生きてきたのかを知った。

清長さんは、ずっと辛《つら》かったんだ。生まれてすぐにお父さんがいなくなって、早くにお母さんも死んで、親戚に引き取られたけどきっと冷たい扱いをされて。心を許せる人なんて、ずっといなかったのかもしれない。私のことだって、きっと信じてなかったんだ。師匠としていつも強い姿を見せながらも、過去のことは何も語ってくれなかったんだから。

「気味悪いなんて、思いませんよ……だって」

だって私は、清長さんが好きだから。

清長さんの前世が安倍晴明だとか、私の前世が梨花かもしれないかとか、そんなことは関係ない。胸に芽生えた初めての温かくて愛しい気持ち、これは本物。

私は清長さんを、守りたいと思っている。

でもそんなことはとても告げられないから、笑って言葉を続けた。

「だって清長さんは、私にこのアメジストをくれたから」

アメジストを握ってそう言うと、清長さんは少し目を丸くした。

「さっき、私たちを守ってくれたのは、この石なんですよ」

清長さんの左手に、自分の手を重ねる。

鵺と対峙《たいじ》していた時は鬼のものになっていた手は、今はいつもの白くて華奢ですべすべした、人間の手に戻っていた。すらっとした長い指が、少し冷たい。

「私はこれからも、清長さんの助手として傍《そば》にいます。清長さんが嫌って言ってもいます」

最後のほうは恥ずかしくなって、ごにょごにょとした声になった。

清長さんが優しげに目を細め、微笑んだ。そして短くなった煙草をぐちゃっと地面で消して立ち上がる。まもなく、斜め上からいつもの調子の声が降ってくる。

「なら、勝手にしろ」

ぶっきらぼうなその声が、なんか優しい。それだけで、泣きだしたいほど嬉しくなった。

「これで夏凛は、仮採用から正式採用になった。これからさんざんコキ使ってやるからな」

「は!? 今まで仮採用だったんですか!? そんなことひとつも聞いてないんですけど」

「言ってないからな」

「何ですかそれ!」

ぶうと唇を尖《とが》らせると、清長さんが笑いながら私の口の先を指で突《つつ》いた。心臓が大きくどくん、と鳴った。

「とりあえず、晩飯をおごってやる。何が食べたい？」

「え、いいんですか？　たしかにお腹空いたかも……そうですね。ラーメンとか食べたいです」

「ラーメン!?　よしてくれ、俺は熱い食べ物も苦手なんだ」

「太陽の光だけじゃなくて？」

「半分鬼なんだからしょうがないだろ、普通の人間より存在自体がずっと陰に近い。強い陽の気は生命力を奪われる」

「しょうがないですねー。じゃあ、エアコンのがんがん効いたお店の中で、かき氷でも食べますか」

「かき氷は夕飯にはならないだろ」

そんなことを言いながら、私たちは歩き出す。歩く度《たび》に揺れるシルバーグレーの髪を見つめながら、胸の甘い高鳴りを抑えられない。

今日は私の記念日だ。

ひとつめは、清長さんの正式な助手になった日。

もうひとつは、生まれて初めての恋に気づいた日。

伝えなくてもいい、ましてや恋人になりたいだなんて思わない。

今はただ、この人の隣を同じ歩調で歩けるだけでいい。

――大丈夫。これからも、傍にいるから。

誰かの声がした気がして、胸元に温もりを感じた。見下ろすと、アメジストが白く光っている。握りしめると、やわらかな温かさが手のひらに伝わった。

「ありがとう、これからもよろしくね」

独り言を呟く私を、清長さんが微笑みながら見つめていた。

# 日本の家相学と鬼門

風水の本場中国などには、鬼門の考え方が存在していません。では、なぜ日本だけに鬼門が存在するのでしょうか？ その理由は、作中でも触れられたように、国土の形に由来します。

各国の家相学の地理風水を見るときは、首都を中心に八方位を割り出します。東京を中心に八方位を割り出すと面積の大きな方位が、北東〜南西エリアになります。つまり、日本国は東西南北の八方位ある中で、北東〜南西の気(エネルギー)が昔から沢山存在している国であることが地形からわかります。

北東〜南西の気がとても多いということは、その影響を良くも悪くも受けやすいという解釈が出来ます。本州の中心は、高い山が日本の背骨のようになって太平洋と日本海を分けており 、この山が大きな龍脈＝気の流れを作る道であると考えられます。

毎日一番最初に朝を迎えるのが北海道の東地域、元旦を一番最初に迎えるのも、立春を迎えるのも同じ最北東エリアです。立春は特に十二支も九星気学の星の回座も大きく切り替わり、強い陽の気が一斉に日本列島を北東から南西へと流れ込みます。この強い陽のエネルギーを暴走する自動車でたとえて考えてみると、陽だから吉や幸運だけがやって来るとは考えにくいエネルギーであることが言えます。

この強すぎるエネルギーを適度に緩和するために、現代も日本のみで行われている行事が立春前の節分の豆まきです。日本列島の例で分かるように、個人の住宅でも毎年毎日新しい陽の気が北東から入ってくることから、鬼門は本来、新しい気が入る方位として「気門」、大切に扱いたい方位、貴い門として「貴門」と呼ばれたものでした。大切に扱わないと怖い鬼が出る「鬼門」 と呼ばれるようになり、その呼び方が一般的に広く言い伝えられることになったのです。

（コラム／隼川昌也）

# 著者あとがき

私が隼川昌也《はやかわまさや》先生のところで勉強していたのは、今から十年以上前のことです。心の病気で大学を中退した私は社会に出たことがなく、当時は何のスキルもありませんでした。かといって普通の人のように会社に入って事務をやる自分も想像できず、何かスキルを得てひいてはそれがお金につながれば……という気持ちで学んだのですが、勉強してみると、気学や陰陽五行《いんようごぎょう》の世界はたいへん面白く、身に着けた知識を元に薬膳《やくぜん》の勉強まではじめるなど、ハマってしまいました。

この本は、改めて隼川先生にご尽力いただき、私が魅入られた東洋占星術について知ってもらうきっかけになればと思って書きました。

題材こそあやかしが見えてしまう、というファンタジーですが、清長《きよなが》さんのもとに持ち込まれる悩みは、痛々しいほどリアル。子どもと折り合いが悪かったり、引きこもりになったり、体調を崩したり。でも、占いを仕事にすると、けっこうこういうお悩みを相談されることはあります。

もちろん占いや風水ですべてが解決するわけではありません。でも、「解決したい」という気持ちで占いをしたのですから、ちゃんと素直にアドバイスを聞き、受け入れさえすれば、必ず状況を良くする糸口になります。

この本を読んだことで、読者のみなさまが幸せのヒントを見つけていただければ幸いです。

最後に、忙しい中多大なるご協力を頂いた隼川昌也先生、ありがとうございます。

それでは、また次回作でお会いしましょう。

二〇二四年七月　櫻井千姫

# 監修者あとがき

はじめまして。櫻井《さくらい》千姫《ちひめ》さんの『訳あってあやかし風水師の助手になりました』の監修を担当いたしました隼川《さつかわ》昌也《まさや》です。幼少期から他の人には見えないものを感じ取る体質で、難病を患《わずら》う母親に育てられた事から、人の運命や幸不幸について興味を持ち、二十歳頃から九星気学《きゅうせいきがく》を含む方位術や易《えき》、家相《かそう》について勉強研究を重ね、母の他界をきっかけに四十代で本格的に開運特化型の鑑定師として活動を開始しました。

香港《ホンコン》の風水スクールにて風水師試験に合格、開運コンシェルジュ®協会設立をし、鑑定師プロ養成講座開催、風水コンサルタントなどをしながら、現在もマレーシア、シンガポール、香港など海外の風水コンベンションに参加し日々研究を重ねています。

この小説に登場する風水師・安倍《あべ》清長《きよなが》さんの鑑定や対策に、嘘や脚色が生じないよう、風水の歴史的背景や、海外の本物の風水術を取り込みつつ、日本の九星気学、家相学や姓名鑑定に到るまで、私が知りうる限り有効なあらゆる鑑定術を本作には織り交ぜました。物語は、あやかしを風水で退治するなど架空のファンタジー要素が強い内容になってますが、幽霊などの霊障《れいしょう》に悩まされ、風水師に相談をするケースは実際には沢山あります。風水師に幽霊は見えなくても、幽霊が出やすい状況を作り出す空間が、どのような風水チャートになっているか、分析し見分ける事は可能です。こういった状況を改善させるために、プリンターや振り子時計など動く物を移動し、閉鎖的な空間に模様替えする、反対にアクティブな空間にするよう水槽を配置するなどの対策を施《ほどこ》し、エネルギーの転換をすることで幽霊がいなくなる、事業が上手《うま》く行くというような事例は実に数多く存在しています。

各章ごとに登場するあやかしや不運な出来事、悩みについても、総合的鑑定の視点から見たときに、家相学ならこの悩みや傾向性が出る、風水ならこういう事態になる、といった複合的な可能性を踏まえた上でストーリーが作られているため、実際に描かれたようなことが起こり得るお家ばかりとなっています。

また、この小説で書かれた風水対策も、風水師が導き出す実際的な回答に基《もと》づいているため、九星気学や家相学、玄空飛星風水《げんくうひせいふうすい》、姓名判断の知識がある人にとっても納得のいく、適切なアドバイスをしている事が理解出来るでしょう。

ファンタジーでありながらも、現実的な鑑定術を盛り込んだ、非常にユニークな作品に仕上がっていると思います。みなさま楽しみつつ、現実にお役立ていただければ幸いです。

二〇二四年七月　　隼川昌也

※この作品はフィクションです。実在の人物・団体・事件などにはいっさい関係ありません。

集英社オレンジ文庫をお買い上げいただき、ありがとうございます。
ご意見・ご感想をお待ちしております。


● あて先
〒101-8050　東京都千代田区一ツ橋2-5-10
集英社オレンジ文庫編集部 気付
櫻井千姫先生


# 訳あってあやかし風水師の助手になりました

集英社
オレンジ文庫


2024年7月23日　第1刷発行

著　者　櫻井千姫
発行者　今井孝昭
発行所　株式会社集英社
〒101-8050東京都千代田区一ツ橋2-5-10
電話【編集部】03-3230-6352
【読者係】03-3230-6080
【販売部】03-3230-6393（書店専用）
印刷所　TOPPANクロレ株式会社




ISBN 978-4-08-680571-1 C0193